고독한 밤의 코코아

KODOKU NA YORU NO KOKOA
by Seiko Tanabe

이 도서의 국립중앙도서관 출판시도서목록(CIP)은
e-CIP홈페이지(http://www.nl.go.kr/cip.php)에서 이용하실 수 있습니다.
(CIP제어번호: CIP2013022737)

고독한 밤의 코코아

孤 独 な 夜 の コ コ ア

다나베 세이코 소설 | 서혜영 옮김

포레
forêt

차례

충직한 연인

나는 비교적 충직한 편이다.

　충직하다기보다는 융통성이 없다고 해야 할지도 모른다(이것도 오랜 시간이 흐른 뒤에야 겨우 알게 됐다. 실은 그런 성찰도 못 할 뻔했다. 그리고 충직한 것을 미덕이라고만 생각해왔다).

　일요일. 아침부터 즐거웠다.

　저녁에 그와 만나기로 했다.

　그가 집으로 데리러 오면 함께 고베로 놀러가기로 했다.

　그는 일요일마다 쉬는 것이 아니라서 내 휴일과 좀처럼 겹치는 일이 없다.

　나는 일요일에 쉰다.

　격주로 토요일도 쉬지만 토요일은 배우러 다니는 것이 있어서 바쁘다. 어쨌든 나는 충직하기 때문에 웬만해서는 수업을 빠지지 않는다. 수업료도 냈는데 빠지면 아깝다고 생각한다.

충직함과 구두쇠는 연관이 있는지도 모른다. 이로하가루타*에 "가정에 충직한 사람은 자식이 많다"는 속담이 나온다. 나는 이 말이 무슨 뜻인지 몰랐다. 어렸을 때는 뜻도 모르고 천진하게 큰 소리로 읽었지만 다 큰 뒤로는 부끄러워서 못 읽게 됐다. '자식이 많다'는 말을 언제나 충직함과 연관지어 생각하게 됐기 때문이다. 즉 충직한 사람은 부지런히 아내와 사랑을 나눈다고 생각하게 된 것이다. 아내가 생겼는데 그냥 두면 아깝다는 구두쇠 정신이 발휘되기 때문이다, 라고 생각하게 된 것이다.

그에게 언젠가 이 얘기를 했더니 풋 하고 웃음을 터뜨렸다.

그는 자기가 나서서 우스운 소리를 하지는 않지만 남의 유머는 잘 알아듣는 편이다.

"부지런히 사랑을 나누기 때문에 자식을 많이 낳는다. 그래서 충직한 사람은 자식이 많다는 속담이 생긴 거예요."

나는 우쭐해서 말했다.

"그건 가오리의 해석이야?"

그가 말했다.

---

* 히라가나 47자와 '교京'를 첫 글자로 하는 속담이 적힌 48장과 그와 짝을 이루는 그림 48장으로 구성된 카드.

"아마 그럴걸요."

정말로 내가 본 책에는 "충직한 사람은 성실하다. 성실한 사람은 자식이 많다. 유곽에 발을 들이지도 애인을 만들지도 않기 때문에 자식을 많이 낳는다. 그리고 자식복이란 말 그대로 훌륭한 자식 덕에 말년을 편안하게 보낸다. 그러므로 '가정에 충직한 사람은 자식이 많다'는 말에는 사람은 모름지기 충직해야 한다는 교훈이 담겨 있다"고 쓰여 있었다.

하지만 이로하 카드가 그런 교훈을 전하는 건 아니라고 나는 생각한다.

이 카드에서 충직한 사람은 조롱의 대상일 뿐이다.

약간 바보 취급을 한다.

"그래 맞아."

그도 그렇게 말했다.

"가오리는 제법 센스가 있어. 아마 가오리가 말하듯 충직한 사람은 의리도 있고 구두쇠 정신도 있어서 아이가 많아지는 걸 거야" 하고 동의했다.

그는 그렇게 사리를 잘 간파하는 면이 있다(그렇기 때문에 나와 무척 얘기가 잘 통한다고 생각한다. 인생이나 사람에 대해서 척하면 착 알아듣는 사이라고 믿고 있다).

인생이나 사람에 대해서는 척하면 착 통하지만 좀더 소중한 것, 우리의 관계에 대해서는 어떻게 생각하고 있는지 그 점이 조금 분명치가 않다.

그렇기 때문에 충직한 나는 그와 있으면 조바심이 난다.

나와 사귀면서도 나를 갖고 싶어하는 내색을 전혀 내비치지 않는다. 나도 노골적으로 압박하기가 좀 뭐해서 슬쩍 운을 띄우면,

"아니…… 별로. 그……" 이런 식으로만 대구한다.

그는 마치 독백같이 말끝을 자신에게 대답하는 것처럼 말하는 습관이 있다.

"나하고 결혼할 생각은 있어요?"라고 물으면,

"글쎄. ……응, ……그럴 생각이긴 한데. 분명하게 해야겠지만, 뭐랄까, 그"라고 자문자답 비슷하게 나가서, 내게는 어미가 들리지 않는 경우가 많다.

어미에 늘 '……'이 붙는 느낌인데, 우유부단해 보이거나 답답하기보다는 그가 머리가 좋기 때문에 그러는 게 아닌가 한다.

자신의 마음을 제대로 표현하려면 생각을 정리해서 가장 적절한 말을 골라야 하니까 아무래도 시간이 걸린다. 그가 말끝을 흐리는 것도 그 때문이 아닐까싶은 것이다.

나는 무척이나 그의 편에 서서 생각한다.

그건 어쩔 수 없다. 그가 좋기 때문에 뭘 하든 좋아 보인다.

그를 늘 따라다니는 듯한 뭔지 모를 그림자도 내게는 별나게 매력적이다.

그는 회사 선배였는데 지금은 회사를 그만뒀다. 학생운동에

휩쓸려 대학을 중퇴하고 여러 회사를 전전한 끝에 우리 회사에 들어왔다. 하지만 여기도 이 년여 만에 그만두고 지금은 조경회사에 다닌다.

책상 앞에 앉아서 하는 일이나 세일즈가 아니라 소형 트럭으로 정원수를 나르는 일을 한다.

밖에서 일하기 때문에 본심이 안 보일 정도로 얼굴이 새카맣게 탔다.

그의 검은 얼굴에는 늘 모호하고 머뭇거리는 듯한 미소가 어려 있다.

나는 입사하고 처음 봤을 때부터 그를 좋아했다. 그는 점잖고 친절하다. 그리고 남자답다. 뱃속이 시커먼 데라곤 조금도 없다. 자기 실수를 남에게 떠넘기지도 않고 남의 공적을 가로채지도 않는다. 여자를 잘 두둔해주는 사람이기도 하다. 다만 말이 별로 없고 나서지 않기 때문에 눈에 띄지 않는다.

그래서인지 우리 부서 여자들은 그를 신랑 후보군에 집어넣지 않았다.

"뭐랄까, 저 사람은 대학도 중퇴했고, 연줄로 들어와서 정식 채용도 아니니까……"

"글쎄, 출세 코스에는 오르지 못할 것 같아."

"후지무라 씨는 특이해. 혼자만 붕 떠 있어."

"친구도 없는 것 같아."

특별히 친하게 지내는 동료가 있는 것도 아니다. 늘 혼자다. "게다가 어둡고 우유부단해" 하는 여직원도 있었다.

나는 그렇게 생각하지 않았다. 웃을 때 마음 약한 구석이 보이긴 하지만 마음이 무척 따뜻할 것 같았다. 나는 그가 좋았기 때문에 여자들이 그에게 눈독들이지 않는 것이 오히려 고마웠다.

청소부 아주머니나 회사 운전기사 사이에서는 그에 대한 평판이 좋았다. "친절하고 좋은 사람이야"라고 모두 칭찬했다. 그런 사람들의 칭찬을 들어보면 평가 기준이 전혀 다르다. 나는 좋은 결혼 조건을 동경하는 여자나 상사의 평판에 오르는 사람보다 아주머니들에게 칭찬받는 그가 더 믿음직했다.

나는 그와 가까워지고 싶었지만 그에게는 그럴 마음이 없는 것 같았다.

나는 티내지 않고 그를 도왔다. 여자는 마음만 먹으면 아주 영민해지기 때문에 나는 그가 사무실에서 지내기 편하게 만들어줄 수 있었다. 나는 그가 눈치채지 못하게 신경쓰면서 열심히 봉사했다.

내가 그에게 푹 빠졌다는 건 요만큼도 드러나지 않게 했다. 그가 점점 좋아졌다. 양복 상의를 벗고 와이셔츠 소매를 걷어올린 모습도 멋져 보였다. 은행 직원과 얘기하는 목소리까지 좋았다. 점잖은 분위기도 마음에 들었다.

서류를 넘기는 손끝까지 좋아져서 넋을 잃고 바라보게 되니

참 큰일이라고 생각했다.

　하지만 나는 가장 맛있는 것은 맨 나중에 먹는 타입이라 누구에게도 말하지 않고 당사자인 그에게도 고백하지 않은 채 매일 좋아하는 남자와 함께 일할 수 있는 회사에 오는 것을 즐겼다.

　좋긴 하지만 그에게 찰싹 달라붙지는 않았다. 무람없이 굴면 눈치 빠른 여자들에게 금방 들켜버린다.

　오히려 나는 다른 남자와 사이좋게 굴었다. 나와 사귀고 싶어 하는 총각 사원도 있었다.

　나는 오히려 그런 남자들에게 마음이 있는 것처럼 보였을지도 모른다. 하지만 나는 그들에게 넌지시 후지무라에 대해서만 묻고 있었다.

　그중 한 사람이 후지무라가 회사를 그만두는 모양이라고 말했다. 다음날 나는 출근하자마자 그의 자리로 가서 큰 소리로,

　"굿모닝, 후지무라 씨!" 하며 몸을 구부렸다.

　그는 신문을 읽고 있었다.

　"저기요, 나 좀 봐요" 하고 나는 목소리를 낮췄다.

　아주 대놓고 행동했기 때문에 아무도 우리에게 주의를 기울이지 않았다.

　"회사 그만둔다는 거, 정말이에요?"

　내가 묻자 그는 점잖게,

　"응, 이삼일 후에"라고 말했다.

"흐음."

나는 입을 다물어버렸다. 너무 갑작스러웠기 때문에 다음 말이 나오지 않았다.

"그동안 신세 많이 졌어. 고마워."

그가 말했다. 나는 대답도 할 수 없었다.

그날 밤 처음으로 그가 내게 데이트 신청을 했다. 저렴한 초밥집에 갔다.

"회사가 나와는 맞지 않는 것 같아. 게다가 난 사무직은 아무래도 좀."

"그럼 무슨 일을 하려고요?"

"식목업. 거기 운전기사인데……"

"……"

"왜 그래?" 하며 그는 내 술잔을 채워줬다.

"마실 줄 알지? 그동안 여러모로 고마웠어. 건강히 잘 지내."

"왜 그만둬요?" 하고 나는 중얼거렸다. 쓸쓸했다.

"말했잖아. 나하고는 안 맞는다고. 이런 회사의 인간관계는 숨이 막힐 것 같아."

그는 술을 마시고 또 마셨지만 조금도 흐트러지지 않았고 얼굴색도 변하지 않았다. 그렇게 술이 센 사람을 나는 처음 봤다. 부서 사람들과 여행을 갔을 때 남자 사원들이 취하도록 마시는 건 종종 봤지만 후지무라가 술을 마시는 것은 거의 본 적이 없었다.

어쩌면 그는 회사에서는 겉모습을 대충 얼버무리고 있던 건지도 모른다.

후지무라의 마음 깊은 곳에는 누구에게도 보여주지 않는 질퍽질퍽한 것이 고여 있는지도 모른다. 그것이 점잖은 그를 따라다니는, 뭐라 이름 붙이기 힘든 그림자의 정체인지도 모른다.

"아아, 그래도 가오리와 헤어지는 것만은 싫다."

그러더니 그가 갑자기,

"외로워" 했다.

나는 귀를 의심하며 멍해져서 술잔만 만지작거렸다.

그는 내 술잔에 또 술을 따르더니,

"가오리, 신경 많이 써주고 다정하게 대해줬지. 난 다 알고 있었어" 했다.

나는 그 말에 계산이 착 들어맞는 것 같은 생리적인 쾌감을 느꼈다. 그가 눈치채지 못하게 헌신한다는 마음이었지만 역시 충직한 나로서는,

'다 알고 있었어. 예전부터 알고 있었어'라는 말을 듣는 것이 기뻤다.

"알고 있었어요?"

나도 모르게 들뜬 목소리가 나왔는데,

"응, 당연하지. 내가 좋아하는 여자가 베푸는 친절은 바로 알 수 있거든" 하면서 그는 내 손을 잡았다. 취해서 하는 행동 같지

는 않았다. 취한 척도 하지 않았다.

"나가자."

그가 말하자 나는,

"네" 하고 꿈꾸는 기분으로 따라나섰다.

얼마나 얼이 나갔는지 스카프를 두고 나와서 그가 다시 가서 가져다줬다.

"다른 데 가서 더 마시자. 괜찮아?"

"좋아요."

"늦어지면 데려다줄게."

나는 그보다도 좀 전의 말을 한번 더 듣고 싶었다. 그의 고백 말이다.

그런 눈부신 말은 한두 번 들어서는 성에 안 찬다.

미나미에서 기타로 걸어가 후지무라가 아는 작은 바로 갔다. 나는 앉자마자,

"아까 무슨 말 했죠?" 하고 재촉했다.

"늦어지면 데려다준다고 했어."

여기서 그는 위스키를 마셨다.

"그 전에요."

"이차 가자고 했지."

"그 좀 전에."

"신경 많이 써줘서 고맙다고 했어."

"그다음에."

"여기 계산요, 하고 초밥집에서 소리쳤었나?"

"그 전에요."

"거참 성가시네. 내가 뭐라고 했는데?"

그는 시치미를 뗐다. 좀처럼 말하질 않는다. 그러다 우리는 웃어버렸다.

"전화해줘요."

"응, 자리잡히면 전화할게. 편지도 쓰고."

나는 메모지에 주소를 적어줬다.

그는 조금 취한 것 같았다.

"나한테는 역부족이었어, 이 회사" 하더니 머리를 감싸안은 채 생각에 잠겼다.

"어차피 해고될 판이었어, 조만간에. 보기 싫은 녀석들뿐이었고. 하지만 가오리 덕분에 즐거웠던 것 같기도 해…… 가오리가 없었다면 더 일찍 그만뒀을 거야."

그 부분은 들었다. 그 좀 앞선 부분이다.

"나, 좋아했어요?" 하고 물어봤다.

확실하게 못박아 들어두지 않으면 곤란하다.

"난 여자는 무서워서."

그는 엉뚱한 소리를 했다. 그리고 꽤 취했는지 야무지지 못하게 웃었다.

"괜한 소리 했다간 호통이 날아올 것 같아서 말을 잘 못하겠어."

"호통이라니요. 그저 확실하게 하고 싶은 거예요."

"뭘?"

"음, 백인지 흑인지."

"으음. 그 중간인 격자무늬는 어때? 확실하게 말하지 않더라도 이심전심으로 알 수 있잖아, 사람이란."

이렇게 수다스러운 후지무라를 보는 것도 처음이었다. 헤어질 무렵에는 색다른 그를 봤다는 사실에 마음이 들떴다. 동시에 미련도 있었다.

"그래도 정확하게 판단해서 깔끔하게 해두는 편이 좋아요."

회사에서 또 만날 수 있다면 굳이 확실하게 하지 않아도 된다. 오히려 확실하게 하지 않는 편이 내게는 좋다. 마주칠 때 어색하거나 멋쩍어지면 곤란하니까.

하지만 이제 이삼일만 지나면 그는 회사에 나오지 않는다. 그래서 확실히 해두고 싶었다. 그러면 나중에 정리하기도 쉽다.

나아가 나는 그가 나와 사귀고 싶다고 한다면 그럴 작정이었다. 그런데 그는,

"글쎄, 그다음 얘기는 편지로 할게. 상황과 기분이 어떻게 변하는가도 좀 보고……" 따위의 말을 했다.

"뭐든 너무 미리 정해두면 움직이기가 쉽지 않으니까……"

마지막은 반드시 스스로에게 대답하는 것 같은 말투가 된다.

회사 여자들이 그에 대해 '우유부단하다'고 했던 게 생각났다.

바에서 나온 우리는 번화가를 걸었다. 뭔가 더 있을 듯한 답답한 느낌. 하지만 그는 고작 내 어깨를 안고 있을 뿐 키스도 해주지 않았다.

"손이 차네."

내 손을 잡더니 그는 깜짝 놀란 듯이 말했다.

"……힘들어요" 하고 내가 말하자 그는,

"택시 잡을게"라고만 했다.

어디 들어가서 좀 쉬었다 가자고 할 줄 알았는데.

춥다 했는데 진눈깨비가 날리기 시작했다.

"햐, 춥다."

내가 말하자 그는 자기 코트 주머니에 내 손을 찔러넣어줬다.

"얼어버릴 것 같아요. 어디 들어가서 몸 좀 녹이고 싶어."

내가 말해도 그는 모르는 척,

"차 안도 따뜻해"라며 택시를 향해 손을 들었다. 한 대도 멈춰서질 않는다. 진눈깨비 때문에 여기저기서 사람들이 손을 들어대니까 빈 차가 남아나질 않는다.

저쪽으로 가면 따뜻해 보이는 호텔이 많은데, 하고 나는 취기가 도는 머리로 생각했다. 굳이 오늘밤 그와 어떻게 해보자는 건 아니지만 이대로 헤어지기는 아까웠다.

나는 남자 경험이 없었지만 취했기 때문에 남자와 자는 게 뭐

대수냐 하는 생각도 했다.

그보다도 바람직한 발견은 그의 팔에 폭 안겨 진눈깨비를 피하면서 싫은 기분이나 위화감이 전혀 들지 않았다는 것이다.

남자들 중에는 팔꿈치만 닿아도 기분이 나빠지는 사람이 있는데 그런 사람하고는 뭘 해도 싫을 게 분명하다.

그러나 그라면 아무리 몸이 이리저리 닿아도 아무렇지 않다. 술과 담배 냄새가 밴 그의 양복과 와이셔츠에 코를 대고 킁킁거려봐도 적당히 취기가 돈 머리로는 기분만 좋을 뿐이다.

"저 차도 서지 않으면 어디든 들어가요."

나는 저 멀리 눈이 섞여 내리는 빗속을 달려오는 자동차의 헤드라이트를 보며 속삭였다.

차는 촤악 하고 물보라를 일으키며 다가왔다.

나는 도저히 '호텔'이라고는 말 못 한다.

"추워. 따뜻한 곳에 가고 싶어요."

이렇게 말할 수밖에 없다.

"알았어."

그는 아무렇게나 말하고 손을 들었다.

그랬는데 택시가 멈춰 섰다.

택시 안에서 나는 그의 어깨에 머리를 기대고 깜빡 잠이 들었다. 많이 취해서 머리가 어지러웠는데 그 점이 무척 아쉽다. 충직한 나는 이런 행복을 형형히 빛나는 두 눈으로 또렷하게 지켜

본 다음 두고두고 곱씹어야 했다.

그러나 그에게 몸을 기대고 몽롱하게 있는 것도 좋았다. 꿈인지 생시인지 모르는, 구름 위를 걷는 듯한 기분. 어떤 얼굴을 하고 있을까 궁금해서 눈을 가늘게 떠봤더니 그도 졸린지 눈을 반쯤 감고 있었다.

그가 하품을 하고는,

"자. 도착하면 깨울게" 하고 내 머리를 도닥였다.

얼마 후 약속한 대로 편지가 왔다.

나는 그를 만나러 갔다.

그새 얼굴이 많이 그을어 있었다.

"음, 일이 힘들어. 하지만 쉬는 날은 아침부터 뒹굴거릴 수 있어서 기분은 좋아. 건강해졌어."

"조금 살쪘어요?"

"응. 밥 잘 먹고 잠 잘 자고 지쳐 떨어질 때까지 일하는 게 전부니까."

나는 그를 오랜만에 만난다는 생각에 팔랑거리는 프릴이 달린 화려하고 귀여운 옷을 입고 갔다. 그는 가죽 점퍼에 하얀 스웨터, 적당히 낡은 편한 바지를 입은 느긋한 모습이었다.

조심조심 웃는 다정해 보이는 얼굴도 좋았다.

"오늘밤에 늦는다고 미리 말해놓고 왔으니까 여차하면 자고 가도 돼요."

내가 술을 마시며 말하자 그는 흠칫 놀란 얼굴을 했다.

그러고서는 여유를 잃고 안절부절못하며 재촉하듯,

"그럼 그만 갈까? 늦겠어" 하는 것이었다.

나는 거의 화가 나기 직전이었다. 그는 내가 싫은 걸까. 그럼 편지하고 전화 걸고 하는 건 뭐야.

그후로도 연락이 오면 나는 더 확실한 관계를 만들 작정으로 나갔지만 매번 아무 일 없이 돌아오고 말았다.

이번주 일요일에는 드물게 둘의 휴일이 겹쳐서 일찌감치 약속을 잡아놨다. 나는 부모님과 사니까 사실은 외박을 하면 큰일이지만,

"어쩌면 미오코네 집에서 자고 올지도 몰라" 하고 친구 이름을 말해뒀다. 지금까지 서너 번 그랬는데 그때마다 열한시쯤에는 귀가했기 때문에 엄마의 신용은 있었다. 나는 그날도 미오코의 이름을 꺼내뒀다. 방법은 여러 가지가 있다. 준비 만전이었다.

그가 다섯시쯤 온다고 했기 때문에 나는 점심때가 지나 머리를 세팅할 생각이었다. 머리가 엉망이었다. 화장은 네시에 시작할 예정이었다.

입을 옷을 고르고 다리미질을 했다.

가방 안에는 세면도구까지 넣었다. 어쩌면 샤워를 하게 될지도 모르니까. 가슴 두근거리는 스릴이 있었다. 여자들의 소지품은 가

짓수가 많기도 하다. 나는 생각을 바꿔먹고 큰 가방을 가져가기로 했다. 앙증맞은 팬티까지 챙겼다. 일이 잘 풀리면 좋겠는데.

마치 여행 준비를 하는 것처럼 물건을 넣었다 뺐다 하면서 정신없이 챙기고 있는데,

"좀 이르긴 하지만" 하면서 생각지도 않은 시간에 그가 왔다.

"이따 밤에 일을 하게 돼서 그러는데 지금 놀러가면 어때? 좀 쌀쌀해도 날은 화창해. 왜건이지만 회사 차도 가져왔으니까 조금 멀리까지 다녀오자."

나는 머리도 화장도 아무것도 준비되어 있지 않았다. 번들거리는 맨얼굴로 벌떡 일어섰다.

정해놓은 시간에 정해놓은 방법으로 와주지 않으면 곤란하다.

"왜 이렇게 느닷없는 짓을 하는 거예요!"

나는 말했다.

"왜 이렇게 멋대로 구느냐고요. 내게도 사정이란 게 있단 말이죠……"

"……"

그는 깜짝 놀랐다.

"이렇게 일찍 와서 대체 어쩌라는 거야!"

그는 내 말을 전혀 이해하지 못하는 것 같았다. 나 역시도 내가 무슨 말을 하고 있는지 깨닫지 못했다. 충직한 나는 내 계획을 충직하게 실행하는 것밖에 생각하지 않는다.

비
내
리
던
밤
회
사
에
서

저녁에 비바람이 심하게 몰아쳤다. 양동이로 들이붓는 것 같은 비.

이런 날 야근이라니 정말 우울해진다.

여덟시까지는 해야 끝나겠구나. 할 수 없지.

호라이켄*에 전화해서 볶음밥을 주문했다.

조금 전까지는 내일 출장가는 계장과 오노가 옆에서 업무 상담을 하고 있었다.

하지만 일을 마친 두 사람이,

"그럼, 미안하지만 부탁할게. 우리 먼저 가……" 하면서 나

---

* 체인 음식점.

갔다.

나는 오노가 내일 출장갈 때 필요한 서류를 오늘 안으로 준비해야 한다. 정기 출장이라면 이삼일 전에 이미 준비를 끝냈겠지만(나는 유능한 직장인이니까) 갑자기 결정된 출장이라서 미처 준비할 틈이 없었다.

"미안하군. 혼자서 외롭겠어."

계장도 안쓰러워했다.

"괜찮아요. 전 그런 가녀린 숙녀가 아니랍니다."

내 말에 남자들은 웃으며 나갔다.

근속 육 년, 스물다섯 살의 베테랑 직장인으로서 혼자 야근하는 건 드문 일이 아니다…… 게다가 왠지 내게만 일이 밀려든다.

어린 여직원들은 내 뒤에서,

"일 잘하면 손해야. 죽어라 일만 하게 된다니까. 회사에 기여한답시고 남들 두 배로 일하잖아. 바보 같아" 하고 쑥덕거린다.

맞는 소리인지도 모르지만 뭐든 똑 부러지게 하는 것이 내 천성이라 어쩔 수 없다.

적당히는 못 한다.

일 자체도 싫지 않다. 숫자나 글자를 종이 가득 채워가는 것, 계산기를 두드리는 것, 다 좋다.

같은 과 남자들이,

"사이 씨 글씨 참 예쁘네"

"읽기가 편해" 하며 좋아하는 것도 기쁘다.

나는 무슨 이유인지 입사했을 때부터 사이토라는 이름을 줄여 사이라고 불렀다. 그렇게 부르지 않는 건 계장과 과장뿐이다. 하지만 바쁠 때는 과장도 사이 씨라고 부른다.

일하는 건 싫지 않지만 불빛이 환한 사무실에 홀로 남아 일하는 건 보람이 없고 왠지 허전하다. 다음달이 정년인 상사 두 사람이 복도 맨 끝 총무부에서 바둑을 두다가 퇴근하면서 우리 마케팅과 문을 열고,

"오, 사이 씨, 또 야근이야?" 했다.

"네! 아주 좋아하는 야근이에요!"

"기운이 넘치네."

"목소리라도 그래야죠."

"그래. 그럼 돈 많이 벌어."

"조심히 들어가세요."

두 사람이 퇴근하자 다시 조용해졌다. 톡 톡 톡 하고 내가 계산기를 두드리는 소리만 들렸다.

화장실에 다녀오다가 기시베 준코가 있는 것을 보고 놀랐다. 진작 퇴근했을 거라고 생각했는데 준코는 코트를 입고 나갈 준비를 마친 채 창가에 서서 비 내리는 거리를 내려다보고 있었다.

"준코, 아직 퇴근 안 했어?"

"엄청난 비야. 치바는 아직 안 돌아왔는데……"

준코가 나를 바라보며 걱정스럽게 말했다.

치바는 준코의 애인이다. 그런데 준코 혼자 그렇게 생각하는 거고, 치바가 어떻게 생각하는지는 아무도 모른다. 붙임성 좋고 유쾌한 성격의 치바는 마케팅과 안에서 일꾼으로 평판이 나 있는데 나나 준코보다 두 살 아래인 스물세 살이다.

"어디 있을까? 이런 빗속에…… 그이 감기 걸렸는데."

마치 남편을 기다리는 신혼의 아내처럼 준코는 말한다.

바보 같아서 보고 있을 수가 없다. 준코가 치바에게 반했다는 사실은 우리 회사 여자들 중에 모르는 이가 없고 지금은 우리 과 남자들도 다 아는 것 같다.

"적당히 좀 해!"

나는 준코의 등을 치고,

"현장에서 바로 퇴근했겠지" 하고 말했다.

마케팅과 남자들은 아침이면 일벌처럼 사방으로 나갔다가 저녁이 되면 한 마리씩 돌아온다. 그러나 먼 곳으로 나간 사람은 현장에서 퇴근하기도 한다.

"아니. 점심때 과장님한테 전화가 왔는데 사카이 공장에 들렀다가 회사로 돌아온다고 말하는 것 같았어. 그러니까 회사로 돌아올 거야……"

준코는 치바의 동정을 꿰고 있다. 과장에게 온 전화까지 일일이 신경을 쓰고 있는 모양이다. 치바의 전화란 말에 귀를 쫑긋 세우고 들었을 것이다.

뭣 때문에 회사를 다니는 건지…… 분명 치바를 보기 위해서 일 것이다. 그렇게 온 마음을 쏟을 수 있는 상대가 있다는 것이 부러울 따름이다.

치바는 호감이 가는 남자이긴 하나 나라면 도저히 준코처럼 빠져들지는 못할 것 같다. 무엇보다 나는 애초에 연하남은 후보 에 넣지도 않는다.

"돌아오면 따뜻한 차라도 타주려고 물을 팔팔 끓여놨는데."

준코는 깊은 생각에 잠긴 듯이 말했다. 나는 그녀 앞에 서서,

"그럼 모처럼 끓여놓은 물로 야근하는 불쌍한 나나 한 잔 타 줘" 했다.

준코는 진지한 얼굴로,

"내가 왜? 네가 직접 타먹어" 했다.

"그런 마음이구나."

"당연하지. 난 지금 치바 생각만으로 가슴이 꽉 찼어. 조금만 움직여도 흘러넘칠 것 같아. 교통사고라도 난 건 아닐까? 치바 집으로 전화해볼까? 어떻게 생각해?"

준코는 아주 진지하다. 장난도 아니고 나이도 먹을 만큼 먹은 여자가 이렇게 나오니까 나는 어떤 표정을 지어야 좋을지 모르 겠는 심정이 되었다.

"그래, 맘대로 해."

나는 포기해버린다. 야무지고 센스 있는 준코가 그런 말을 하게 될 정도로 앞뒤를 못 가리게 됐다.

나는 속으로 생각했다.

스물다섯 살 여자에게 앞뒤 안 가리는 연애는 이미 어울리지 않는다. 스물다섯 살 여자의 연애는 좀더 상큼하고 여우 같아야 한다.

준코는 꽤 훌륭한 취향을 가진 여자였는데 지금은 좀 눈이 뒤집혀버린 느낌이다.

그건 후배 여직원들이 뒤에서 조롱하듯,

'그 또래 여자의 끈적한 애정'이란 것에 가까울지도 모른다.

우리 과 남자들은 책상 서랍에 타월이나 빗을 넣어두곤 하는데(사물함이 좁기 때문에) 준코는 치바의 타월을 빨아 탕비실에 널어놓거나 사물함을 정리해주거나 해서 사람들을 닭살 돋게 한다. 때로는 점심시간에 사람들 앞에서 대놓고 찰박찰박 타월을 빨아 행거에 걸어 말리기도 한다.

"오오, 그이 때문에 점심시간에 쉬지도 못하고."

남자들에게 놀림을 당한다.

게다가 치바가 밖에서 전화를 걸어오면 민감하고 겁 많은 초식동물처럼 얼굴을 들고 귀를 쫑긋 세운다.

마케팅과 사원들은 출장지에서 회사로 전화를 걸어 업무 경과를 보고하거나 지시를 받는다.

준코는 '치바'란 소리만 들리면 그쪽을 쳐다본다.

그러면 전화를 받던 남자가 짓궂게 수화기 너머의 치바에게,

"잠깐만 기다려. 바꿔줄 테니까" 하고는 준코에게,

"전화! 치바야"라고 한다.

준코는 조롱당하는 줄도 모르고 쪼르르 달려가 전화를 받는다. 치바가 무슨 말을 하는지는 모르겠지만 준코는 꽤 기뻐한다. 친구로서 도저히 눈뜨고 볼 수가 없다.

눈을 감아버리고 싶은 기분이다.

얼마 전에는 더 심했다. 치바의 와이셔츠 어깨 부분이 찢어졌는데 준코가 점심시간에 억지로 가져다 꿰매기 시작했다. 다 꿰매고는 가위 대신 얼굴을 갖다 대고 이로 실을 끊었다.

남자가 서넛 있었고 여자들도 멀리 또는 가까이에서 보고 있었는데, 말하자면 공공의 면전에서 벌인 외설 행위였다.

치바는 민폐라는 듯 몇 번이나,

"선배, 괜찮아요. 내버려둬요. 어차피 재킷 입을 거니까" 했다.

"괜찮긴. 이대로 두면 더 크게 찢어져" 하며 준코는 기어이 꿰맸다. 딱히 싫지 않은 것 같기도 하고 있어서는 안 될 민폐라고 생각하는 것 같기도 한 치바의 얼굴은 약간 붉어져 있었다.

준코는 그런 치바의 얼굴을 넋 놓고 바라봤는데 이제는 이미 다른 사람의 시선 따윈 신경쓰지도 않았다.

그래서 사와노 선배가 준코에게 주의를 줬다. 사와노 선배는 여자들 중에서 가장 나이가 많다.

　"사람들 보는 앞에서 그러는 건 예의가 아니야."

　사와노 선배가 말했다.

　"뭐가요? 노골적인 행동을 한 것도 아닌데."

　준코는 립스틱을 바르며 창을 보고 말했다.

　"어쨌든 직장에 칠칠맞지 못한 개인 감정을 들여오지 말았으면 좋겠어."

　"연애는 하는 사람 맘이잖아요."

　"제대로 된 연애를 하려면 예의를 지키고 다른 사람들에게도 호감을 줘서 축복받도록 해야지."

　"흥. 연애에 규칙이라도 있나."

　"네가 하는 연애는 마치 놀고 있는 거 같아. 너, 결혼을 전제로 연애하는 거 아니니?"

　"난 결혼 같은 거 생각 안 해요."

　"그럴 줄 알았어. 결혼과 연애는 별개라고 생각하지? 결혼 같은 건 무의미하다고 말이야."

　"그래요. 결혼의 의의 같은 거 인정 안 해요."

　준코는 정색을 하고 말했다.

　"드디어 자백했군. 그걸 말하게 하고 싶었어."

　사와노 선배는 의기양양하게 말했다. 묘한 사람이다. 나는 끈

질기게 추궁하는 사와노 선배의 말투가 예사롭지 않다고 느꼈다. 어쩌면 여자의 질투일지도 모른다.

"난 달라요. 결혼 소리만 나오면 딸꾹질해가며 눈빛부터 달라지는 멍청이들이랑 똑같이 취급하지 말아줬으면 좋겠어요."

준코의 말투가 거칠어졌다.

"난 그냥 치바에게 반한 것뿐이라고요. 치바에게 깊이 빠졌어요, 그뿐이에요."

사와노 선배는 독기를 뺀 태도로,

"그러세요?" 하며 쓴웃음을 지었다.

준코는 나중에 사와노 선배가 끼고 다니는 우유병 바닥같이 두꺼운 안경을 들먹이며,

"멍텅구리 왕근시 같으니라고. 그런 시든 노처녀가 사랑에 대해 뭘 알아" 하고 욕을 해댔다.

준코는 그런 독설을 하는 아이가 아니었는데.

싸울 때는 그렇게 용감하다가도 치바 앞에만 서면 준코는 안절부절못하며 어쩔 줄을 몰랐다. 한번은 준코와 함께 전철역까지 갔는데 집으로 가는 전철이 와도 오르지 않았다.

"왜 그래?" 하고 물었더니,

"여기서 기다릴래. 좀 전에 회사에서 나왔을 테니까 곧 오겠지" 했다.

치바가 온다고 해도 가는 방향은 반대다. 플랫폼은 같지만.

"잘 가" 하는 짧은 인사를 주고받기 위해 준코는 몇십 분을 기다리기 일쑤였다.

하지만 내가 보기에 치바는 준코를 가볍게 생각하는 것 같았다. 요즘 일과 회사에 익숙해져서 모든 것이 한창 재밌는 듯한 치바는 여자보다는 남자들과 지내는 것을 더 좋아했다.

남자들이 한잔하러 가자거나 마작하자며 불러주면 좋아했다. 준코에 대해서는 다들 웃어대니까 재밌는 화제를 제공하는 정도로 생각하는 것 같았다.

"준코, 그렇게 좋으면 더 저돌적으로 나가야 하는 거 아냐?"

내가 그렇게 말하면, 막강할 것 같던 준코는 얼굴을 붉히며,

"어떡해야 좋을지 모르겠어. 하지만 괜찮아. 왠지 가슴이 두근거리는 게, 말 한마디 전화 한 통만 해줘도 하루가 다 행복해" 했다.

"아이고, 좋으시겠어요."

사와노 선배만큼은 아니어도, 나도 못 당하겠다고 생각했다. 치바는 똑똑하고 늘씬하니 키도 크고 날렵하고 나름대로 매력이 있다고 나도 인정하지만, 준코같이 정신이 나가지는 않았기 때문에 나는 지극히 자연스럽게 그를 대했다.

"우산 없을 거야, 맞아……"

준코가 다시 중얼거렸다.

"비에 젖어서 들어올 텐데."

"이렇게 늦으면 회사로 돌아오지 않아. 아무도 없다는 걸 알 테니까."

내가 말했다.

준코는 겨우 마음을 정한 듯 코트 벨트를 조이면서 내 곁으로 와서,

"저기, 있잖아" 했다.

"뭐?"

"부탁이 있는데…… 혹시라도 그 사람 돌아오면 차 좀 타주지 않을래?"

"아이고, 네에 네에."

나는 코끝으로 비웃었다.

"감기 걸리지 않게 따뜻한 물로. 치바는 열탕옥로*를 좋아해. 여기 두고 갈게."

준코는 책상 서랍에서 작은 다관을 마치 소중한 보석 상자처럼 조심조심 꺼냈다.

"안에 찻숟가락 있으니까 한 숟가락 반을 팔팔 끓는 물에 타. 찻잔은 저쪽에 씻어뒀어."

"흥."

---

* 일본의 녹차 브랜드.

"치바는 몸이 차면 안 돼. 배탈이 잘 나거든. 한여름에도 따뜻한 차를 즐겨 마셔."

"알았어, 알았다고."

나는 얼굴을 찌푸리며 손을 저었다.

준코는 어차피 시작한 거 끝장을 보겠다는 듯이,

"그거 내가 부탁했다고 말해도 돼. 아니, 내가 차를 타주라고 했다고 말해줘. ……그리고 그이가 뭐라고 하는지 들어봐" 했다.

"정말 바보 같구나. 나까지 바보 되는 것 같아서 관둘래."

나는 딱 잘라 말했다.

둔한 준코는 내가 농담으로 그러는 거라고 생각했다. 그래서 집요하게,

"그러지 말고 차도 타주고 내가 그러랬다고 말도 해줘" 했다.

"싫어. 바빠서 그럴 시간 없어."

준코는 무안한 표정으로,

"그럼 갈게" 하더니 맥없이 돌아갔다.

"잘 가라."

어이가 없어서 말도 안 나왔다. 앞뒤 안 가리는 것도 정도가 있어야지. 준코는 몸매도 나쁘지 않고 외모도 꽤 괜찮고 일도 요령 있게 잘한다. 그런데 어쩌다가 저런 바보가 됐는지 그저 신기했다.

나는 일에 몰두했다.

문이 열리길래 배달음식이 온 줄 알고 갑자기 시장기를 느끼며 돌아봤는데, 치바였다.

"어서 와!"

밖에 비바람이 몰아치고 있었다. 그는 흠뻑 젖은 채,

"사이 선배, 야근이에요?"라고 물었다.

"응. 오다가 준코 못 만났어?"

"못 만났어요."

"조금 전까지 기다렸는데."

치바는 그 말에는 대답하지 않고,

"어우, 추워라, 얼어 죽겠네" 하고 흠뻑 젖은 옷을 갈아입으러 사물함 앞으로 갔다.

그사이에 나는 호라이켄에 전화해서 라면 하나를 추가했다. 치바가 뜨거운 라면이 먹고 싶을 거라고 생각했기 때문이다.

흠뻑 젖어서 파랗게 질려 있는 치바를 보니, 준코에게는 그렇게 말했지만 역시 불쌍해서 따뜻한 차를 타주고 싶어졌다. 게다가 치바의 얼굴을 보니 마작하느라 늦은 건 아닌 것 같았다. 일하고 온 사람의 얼굴이었다.

"고마워요. 맛있네요."

그는 반가워하며 차를 마셨다. 그러면서 이런 시간까지 사람을 붙들고 있던 모모 공업이라든가 모모 전기의 흉을 봤다.

새하얀 타월로 젖은 머리카락을 닦는(준코가 표백제를 넣고 열심히 빨아서 말려놓은 타월이다) 치바는 너무 피곤해서 말하는 것도 귀찮다는 표정을 지었다.

나는 일을 대충 마치고 정리하기 시작했다.

"사이 선배는 일을 참 잘해요……"

치바가 위로하듯이 말했다.

"아, 일 잘하는 건 치바지."

"적당히 해요. 회사에 대한 충성은."

"그러고 싶지만 잘하는 사람한테 일이 몰리는 거잖아, 우리 둘다."

"그러게요."

그때 낯익은 호라이켄 아저씨가 "배달 왔습니다" 하며 철가방을 들고 들어왔다.

치바 앞에 뜨거운 라면을 놔줬더니,

"이런 것까지…… 고마워요!" 하며 뛰어오를 듯이 기뻐했다.

"준코가 부탁했어."

나는 그렇게 말해뒀다.

"설마. 그 사람 이렇게까지 세심하지는 않은데."

"어머머."

"왜요?"

"그 사람이라고 했어. 그 사람, 당신, 하는 사이인가봐?"

"들켰네" 하고는 치바는 맛있게 라면을 먹었다.

나는 볶음밥을 먹었다.

이렇게 맛있고 즐거운 식사는 요즘 들어 처음이었다.

"준코가 전철역에서 기다리고 있을지도 몰라."

"그럼 버스로 가야지."

가까이에서 보니 치바는 제법 미남이었다. 그리고 말도 솔직하고 시원시원하게 했다.

"감당이 안 돼요, 준코 선배는. 아마 곧 상상임신이라도 할걸요."

그런 말을 툭 내뱉는다.

"상상임신이라. 하지만 그렇게까지 몰아넣은 건 남자 책임 아닌가?"

"그럴지도 모르지만, 여자가 너무 달라붙으면 남자가 감당할수가 없어요. 멋대로 폭주하면서 혼자 흥분하면 정말 난감하다니까요."

오사카 말투를 섞어가며 툴툴거린다. 마케팅과 남자들은 나이가 어리더라도 선배들에게 영업용 오사카 말투를 배워서 제법능숙하게 구사한다. 치바도 오사카 말투를 적절히 구사해 분위기를 가볍게 만들었다.

"여자가 기대면 남자들은 기쁘지 않아?"

"처음만 그렇지 점점 힘들어요. 준코 선배도 처음엔 좋았어요. 딱 그랬어요. 사이 선배같이 담백하고 귀엽고 신경 잘 써주고 성격 원만하고 상식도 풍부하고. ……그런데 그게 언제 그랬느냐는 듯이 싹 달라지는 거예요. 여자는 그래서 무서워요."

치바는 후루룩 후루룩 국물 한 방울 안 남기고 그릇을 비웠다. 꽤 맛있었던 모양이다.

"글쎄, 회사 안에서도 끈적끈적 달라붙는단 말이에요. 계장님까지 놀린다고요. 준코 선배는 규칙 위반이에요. 정말 감당이 안 된다니까."

나는 치바의 말을 충분히 이해할 수 있었다.

회사 안에서 남자의 세계는 여자의 세계보다 엄격하다. 그들은 준코를 차마 눈뜨고 볼 수 없다고 생각할 것이고 필시 치바에 대해서도 말이 있었을 것이다. 그렇게 생각하니 그에게 동정이 갔다.

"옛날에는 사이 선배 같았어요."

치바가 또 말했다.

"사이 선배는 정말 열심히 일해요. 난 성실한 여자가 좋아요. 사와노 선배도 일을 잘하지만 좀 무섭고, ……역시 가장 좋은 건 사이 선배예요. 산뜻하고 친절하고 예뻐서 좋아요. 사이 선배라면 아무리 시간이 흘러도 끈적거리는 끈끈이같이 되진 않을 거예요."

"글쎄, 그건 가봐야 알지. 나도 여자거든."

"으음, 그럴까요. 사실 난 사이 선배 나이 정도의 여자가 가장 좋아요. 두 살 위 누나가 있는데 친하거든요. 그래선지 한두 살 연상이 가장 좋아요."

"이런, 연상 킬러네."

치바는 큰 소리로 웃었다.

"선배의 그런 점이 정말 좋아요. 얼굴도 좋고 모든 게 좋아요."

치바는 내 손을 꽉 잡았다.

"선배는 글씨도 예뻐요. 전화 목소리도 좋고. 그런 건 역시 스물한두 살 어린 여자한테서는 나오지 않죠…… 뭐라고 딱 꼬집어 말할 수 없는 분위기가 풍기는 건 스물다섯이 넘은 뒤부터……"

치바는 내 손을 꼭 쥐더니,

"일 끝났어요?" 했다.

"응."

"가볍게 한잔하러 가지 않을래요? 피곤해요?"

"아니."

치바의 검은 눈은 빛났고 장난스러우면서 생기가 넘쳤다. 적절한 언변도 그렇고 여자를 칭찬하는 방식도 그렇고 정말 심심 풀이 상대로 안성맞춤인 남자였다.

나는 요즘 치바의 타월을 빤다든가 하는 눈에 띄는 짓은 하지 않지만 뒤에서는 상당히 사이좋게 지내고 있다. 치바가 끈적거리는 건 싫다고 했기 때문에 그렇게 되지 않으려고, 늘 산뜻하게 굴려고 상당히 노력한다.

하지만 치바를 점점 정말로 좋아하게 됐다.

매일같이 그를 생각한다.

치바, 하는 소리가 들리면 겁먹은 초식동물같이 그쪽을 쳐다본다. 그가 외근 나가서 회사로 돌아오는 것이 늦어지는 날에는 따뜻한 차를 타주고 라면을 주문해주려고 기다린다.

준코처럼 사람들 앞에서 눈에 띄는 행동은 하지 않지만 나도 모르게 전철역에서 치바를 찾으려고 두리번거리곤 한다. "잘가"라는 한마디를 하기 위해.

비 내리던 그날 밤, 내가 야근하며 남아 있던 그 밤의 즐겁고 자연스럽고 훈훈했던 분위기는 이제 다시 찾아오지 않을 거라는 불길한 예감이 든다. 연애라는 건 시작되기 전이 가장 멋진 건지도 모른다.

에
이
프
릴

풀

오늘 기요는 감기 기운이 있는지 몸에 열이 난다. 기침도 한다.

"그래가지고 출장갈 수 있겠어?"

내가 걱정했다.

"으음. 글쎄."

기요는 불안한 목소리로 말했다.

마케팅과 안에서도 시코쿠나 규슈를 담당하는 직원들은 출장 기간이 길다. 어떤 때는 열흘씩 걸리기도 한다. 기요는 시코쿠 담당이다.

"출장지에서 쓰러져서 순직할지도 몰라" 하기에,

"그럼 회사장_{社葬}이네. 아라이 과장이 대표로 조사를 읽겠군" 하고 나는 새침 떨며 거들을 입었다.

"어이어이, 남의 일이라고 그렇게 말하면 안 되지. 정말로 그렇게 되면 마음 안 좋을걸. 도심에서 그러면 몰라도 시골에서 쿵 쓰러지기라도 하면…… 거둬주는 사람도 없이 홀로 쓸쓸히 숨졌다, 가 되는 거야…… 뭐 그것도 멋지긴 하지만."

기요가 말했다.

멋질 리 없잖아.

기요는 사람을 우르르 끌고 다니며 시끌벅적하게 지내는 걸 무척 좋아하는 남자니까 그렇게 될 리 없다. 외로움 타는 어리광쟁이인 그는 사소한 일에도 과장되게 소란을 피워 사람들을 불러들일 테니 결코 '거둬주는 사람도 없이' 어떻게 될 리 없다.

"빨리 옷 입어. 감기 걸려. 아무리 봄이라도."

나는 침대에서 뭉그적거리며 계속 담배를 피워대는 기요에게 주의를 줬다.

"응."

그는 일어나서 의자에 걸쳐놓은 속옷을 서둘러 입더니,

"아, 오늘 돈 좀 대신 내줘"라고 쉽게 말한다.

"어머, 재벌이 그런 말을."

"재벌은 돈을 갖고 다니지 않아. 따라다니는 사람이 내주거든."

"한 대 때려줄까."

내가 말하자 기요는 큰 소리로 웃었다.

"출장 다녀와서 갚을게."

"좋아. 오늘은 내가 내지 뭐."

나는 기분좋게 말했다. 아직 용돈도 남았고 요즘 계속 기요가 냈으니까.

사귀는 남자가 늘 돈을 내는 것을 당연하게 여기는 여자가 많지만 나는 그러지 않는다.

결혼할 사이라면 몰라도 사이가 틀어져서 조만간 헤어질지도 모르는 남자, 별로 마음에 들진 않지만 맛있는 걸 먹고 싶어서 혹은 여행을 하고 싶어서 만나는 남자에게 돈을 내게 하는 것은 말하자면 '먹고 튀기'다.

나는 아무리 좋은 곳에 데려가준다 해도 마음에 들지 않는 남자와 오래 있을 수 있을 만큼 둔감하지 않다. 또 남자를 이용만 하려는 악녀도 아니다.

그러므로 밥을 먹거나 술을 마시는 건 모두 좋아하는 남자하고만 한다.

예전부터 내 방침은 그랬다. 그래서 더치페이를 하거나 혹은 남자가 내겠다는 걸 굳이 마다하고 내가 낼 때도 많다.

기요는 재작년에 입사했다.

나는 기요보다 네 살 위지만 대범하고 유연한 이 남자와 죽이 맞아 자주 만나게 됐다.

어묵집이니 바니 불고기집이니 함께 다니면서 나도 그와 똑같이 돈을 냈다.

내가 남자에게만 돈을 부담시키지 않는 건 늘 내가 연상이었기 때문이었는지도 모른다. 특별히 연하를 좋아하는 건 아니지만 자연스레 그렇게 됐다. 월급 액수로 봐도 '치사한 짓 하지 말자' 하는 마음이 된다.

그러는 건 내 본성이 구두쇠이기 때문일 것이다. 남들에게 구두쇠로 보일까봐 걱정하는 사람은 본성이 구두쇠인 것이다.

나는 돈을 소중하게 생각한다. 스물여덟 살이 되고보니 돈이란 여자가 스스로를 지키는 무기라는 걸 알게 됐다. 나는 부모님과 함께 살면서 꼬박꼬박 생활비를 내고 저축도 한다.

하지만 돈을 소중하게 생각하는 나는 남자와 데이트할 때 함께 돈을 낸다. 내 돈을 소중히 여기는 만큼 상대방의 돈도 소중하게 생각하는 것이다.

그래서 기요와 놀러갈 때는 나도 때때로 돈을 낸다.

기요는 시대에 동떨어진 이름을 갖고 있다. 전에는 기요시라는 아주 흔한 이름이었다.

기요는 아버지가 돌아가시면 다로자에몽이란 집안 이름을 이어받기로 했었는데 작년에 아버지가 돌아가시면서 14대 다로자에몽이 되었다. 그래서 지금은 에비스 다로자에몽이라는 거창한 이름으로 불리게 됐다. 에비스라는 성도 신기하다. 그 이름은 N시의 역사나 지방사에 몇백 년 전부터 등장한다.

그는 이 진귀한 이름 덕에 회사에서 인기를 독차지하고 있는데 그런 게 아니라도 악의 없고 느긋하고 좋은 성품 덕에 다들 그를 좋아한다.

대부분은 '에비스 씨'라고 부르고 과장은 '에비스 군'이라고 부르지만 여직원들이나 동료들은 '에벳상' 혹은 '다로자에몽 군'이라고 놀리듯이 부르곤 한다.

에벳상이라는 건 오사카의 도카에비스 축제가 '에벳상'으로 불리는 데서 따온 별명이다.

명함에 '에비스 다로자에몽'이라고 이름을 새겼더니 거래처 사람들이 재미있어하면서 금방 기억한다고 한다.

"개명하는 거 싫지 않았어?" 하고 물었더니,

"싫긴 했지만 어쩔 수 없으니까" 하며 그는 별것 아니란 식으로 넘겼다. 어려서부터 집안 어른들에게 그렇게 해야 한다는 말을 들어왔기 때문일 것이다.

"친척 중에 대대로 요사에몽이라는 이름을 쓰는 집도 있는데 아버지가 일찍 돌아가셔서 초등학생인 아들이 요사에몽이 됐어."

"귀여운 요사에몽이네."

"만약 내게 아들이 있고 내가 일찍 죽는다면 그 아이도 서너 살짜리 다로자에몽이 되는 거야."

기요와는 무심코 이런 얘기를 나누다가 자연스럽게 가까워져 어느덧 연인 비슷한 관계가 됐다.

식당에서 가끔 돈을 내던 것이 습관이 돼서 나는 호텔비도 종종 낸다.

기요가 대학 시절에 사귄 여자를 빼면 그러는 건 내가 처음이라고 한다.

"빼면이라니, 왜 빼는데?"

"그때는 둘 다 서툴러서 아무리 해도 안 되는 거야."

그는 세세한 부분까지 솔직하게 왜 '안 됐는지' 얘기한다. 거짓말을 못 한다기보다 뭣 때문에 거짓말을 해야 하는지, 거짓말을 어떻게 하면 좋은지 모르는 것처럼 보인다.

그런 부분이 보통 남자와 좀 다르다.

"분명히 가능한 상태였는데, 그리고 지식도 그럭저럭 있었는데 어떻게 해야 할지 몰라서 갈팡질팡하다가 아주 난처해져버렸어. 요걸 못 할쏘냐 하고 다음에 잘 연구해서 갔는데 역시 그 상황이 되니까 갈팡질팡, 여자친구는 한숨을 내쉬고……"

숨김없이 모조리, 더이상 할말이 없겠다 싶을 정도로 기요는 태연자약하게 말했다.

기요는 다로자에몽이 되어서도 조금도 변하지 않았다. 덩치는 커다란데 추위도 타고 더위도 타고 뺨이 불룩한 동안이다. 덩치에 어울리지 않게 글씨는 깨알같이 써서 읽기 힘들다. 나는 읽을 수 있는데 과장은 출장보고서를 들고 못 읽겠다며 힘들어한다.

"뭐야……"

뚫어져라 종이를 들여다보고 있어서 옆 책상에 있던 내가,

"그건 이거잖아요" 하고 술술 읽어줬다.

"뭐야, 와다 씨는 이런 글씨를 잘도 읽네."

과장이 깜짝 놀라는 것을 보고 우리 사이를 들켰나 하고 가슴이 철렁했지만,

"후후, 눈이 달라요, 눈이" 하며 눙쳤다.

최근에 좀더 도수가 높은 돋보기로 바꿨다는 과장은,

"그렇게 노인 취급하지 마" 하며 쓴웃음을 지었다. 이 나이가 되고보니 적당히 얼버무리는 일이 별로 어렵지 않다.

기요는 회사 여자들에게 인기가 있는데 꽤 적극적으로 밀어붙이는 여자도 있는 모양이다. 그러나 기요는 누구에게 특별히 마음이 움직인 일은 없는 듯하다.

"와다와 있는 게 가장 좋아. 마음이 편해."

그는 스스럼없이 내게 말한다.

좋아한다든가 사랑한다는 말은 우리 사이에서 한 번도 나오지 않았다. 아니, '좋아한다'는 말은 나왔는지도 모르지만 그건,

'난 비프스테이크를 좋아해' 할 때 쓰는 '좋아한다'와 다를 게 없었다.

그는 회사에서는 내게 다정하게 굴지 않는다.

처세술이나 나에 대한 배려라기보다는 내게 혼나기 때문에 그

런다.

"얽매이면 못써, 회사에선" 하고 내가 가르치면,

"잘 알겠습니다"라고 그는 대답한다.

하지만 아무도 없는 복도나 엘리베이터에서 딱 마주치면 그 순간 표정이 와르르 무너진다. 너무나도 경계심 없이 무너져서 나는 불안한 나머지 새침해진다.

"와다, 이쪽 좀 봐"라고 작게 말하고 그래도 내가 모르는 척 상대해주지 않으면 기요는 허물없이 웃으면서 곰처럼 큰 손바닥으로 내 머리를 누르고 마구 헝클어놓는다. 나보다 키가 20센티미터나 큰데,

"뭘 그렇게 새침하게 굴어" 하며 이마를 건드리거나 목덜미로 손을 쏙 집어넣거나 한다. 키가 큰 그는 얼마든지 장난을 칠 수 있다.

기요는 씀씀이는 인색하지 않은데 자주 용돈이 떨어진다. 조금도 부자 같지가 않다.

"난 부자 아니야. 내 월급으로 어머니와 둘이 생활하니까."

종전終戰까지는 대지주였는데 지금은 가산 대부분을 잃고 얼마 안 되는 돈과 오래된 집만 남았다고 한다. 쓰러져가는 가문이라도 본가는 본가이기 때문에 정월이 되면 문중의 남자들이 이삼십 명 모이고 기요는 하오리하카마*를 입고 상좌에 앉아 새해 인사를 받는다.

그는 종종 신기한 얘기를 들려줬다. 언젠가 둘이서 밥을 먹으러 갔을 때였다.

제철이라서 기노메덴가쿠**가 나왔다.

기요는 두부 꼬치구이를 먹지 않았다.

"먹으면 안 되는 음식이야, 우리 집에서는."

"왜?"

"꼬치구이를 먹던 중에 뒤에서 찌른 창에 몸이 뚫려 죽은 조상이 있거든."

"어머나."

"그후로 자자손손 먹어서는 안 되는 음식이 됐어. 가훈이지."

"이렇게 맛있는 걸?"

"먹어보질 못했으니 맛있는지 어떤지 알 수가 있나."

그후로 우리 사이에 '가훈'이라는 말이 유행했다.

"가훈이니까 여기에 키스해야 돼" 하며 기요는 내 배에 얼굴을 묻거나 했다.

"가훈이니까 이제 그만해."

나는 간지러워서 꺅꺅 웃으며 난리였다.

점점 그가 귀여워지고 좋아졌다.

---

* 가문家紋을 넣은 상의 하오리, 하의 하카마를 갖춘 일본 남자의 전통 예복.
** 산초나무의 순을 으깨어 섞은 된장을 두부에 발라 구운 꼬치요리.

하지만 결혼 얘기는 누구도 꺼내지 않았다.

'가훈'이 있고 새해 인사를 하러 문중의 남자 이삼십 명이 모이고 14대 에비스 다로자에몽이라는 이름을 가진 굉장한 집안의 장남과 결혼할 마음은 없었다. 어차피 그 장남 역시 평범한 샐러리맨의 딸, 가훈도 가계도도 없는 집안의 딸 따위와 결혼할 마음은 없을 테고.

그저 기요가 누군가와 결혼한다면, 그때는 첫날밤에 갈팡질팡하는 일은 없겠지, 하고 생각한다. 지금은 꽤 숙련됐으니까. 어디 그뿐이랴, 지금은 나보다 훨씬 능숙해서,

"이렇게 하자……"

"아니, 이렇게 해보자" 하며 천진난만하게 발전을 거듭해간다.

내가 싫다고 피해도 쉽사리 제압하고 남자의 완력으로 리드한다. 상당히 남자답고 씩씩해졌다. 그렇긴 하지만……

나는 연하의 남자와 결혼할 생각이 없다. 이런 어리광쟁이를 어쩌라고. 그렇게 생각한다.

기요는 근심을 털어놓을 수 있을 정도로 의지할 만한 상대는 아니다. 털어놓으면 머리 싸매고 고민할 것 같아 미리 불쌍하다.

그러니까 기요가 출장을 다녀오기 전에는 아무 말 하지 않는 게 좋다. 출장 전에는 호텔에 가서,

"그럼 다녀오겠습니다"라고 우리 사이에서만 하는 인사를 하고 기분좋게 헤어지는 것이 평소의 규칙이다. 그러니까 오늘도

그래야 한다.

"다음주 토요일에 돌아오는 거지? 잘 다녀와."

나도 인사했다. '신경쓰이는 일'을 말해서 기요에게 부담을 주진 않았다. 기요는 아무것도 모르고 자기 감기만 걱정했다.

점심시간에 미리 전화번호부를 뒤져 주소까지 확인해놨지만 아무래도 처음 가는 동네라 찾기가 쉽지 않았다. 거리의 분위기가 점점 쓸쓸해져서 이제 그만 포기하고 돌아갈까 생각했을 때 비로소 그 간판이 눈에 들어왔다.

처음 와보는 산부인과병원이다. 지금까지 가본 적 없는 동네와 여의사라는 두 가지 조건으로 전화번호부에서 찾은 병원이다. 대기실은 소박하고 어두웠지만 동네병원답게 편안한 분위기라 좋았다.

꽤 오래 기다린 끝에 진찰실로 들어갔다. 마흔네댓 살쯤 됐을까? 몸이 작고 피부가 하얀, 상점 주인 같은 싹싹한 느낌의 여자 의사가 앉아 있었다.

"무슨 일로 오셨어요?"

의사는 의자를 돌려 앉고 가볍게 물었다.

"저, 조금 늦어져서요."

"흠, 마지막은 언제였죠? 며칠 주기예요?"

의사는 구체적인 것들을 물었다. 사무적으로 재빨리 물어서 나도 재빨리 대답했다.

처음에는 가명을 쓰려고 했지만 의사가 너무 자연스럽게 물어봐서 그만 본명을 말해버렸다.

진찰실은 따뜻했지만 바닥에는 타일이 깔려 있었다. 못생긴 할멈(처럼 보이는) 간호사가 상냥한 목소리로,

"허리를 더 낮추세요…… 조금 더 위로 올라가주세요. 다리를 벌려주세요" 하길래 지시하는 대로 따랐다. 여자로서의 수치심 같은 건 어디 딴 데 두고 와야지 안 그러면 도저히 오를 수 없는 의자였다. 하지만 그 와중에도 간호사와 의사의 말이 뒤죽박죽 정신없어서 우스웠다.

게다가 마음속으로,

'이런 자세는 가훈에 따르자면 할 수 없는 거라고요' 하고 말했더니 갑자기 우스꽝스러워서 기요에게 얘기하고 함께 웃고 싶어졌다. 실은 필사적으로 그런 생각을 하며 참고 있었는지도 모른다.

의사는 아무렇지도 않게 그곳을 따뜻한 물로 씻고는 배를 여기저기 누르더니(그 손놀림도 의사의 거드름 피우지 않는 말투와 비슷했다),

"축하드려요"라고 너무도 쉽게 말했다.

석유난로를 켜둔 진찰실로 돌아오자 의사는,

"어떻게 하시겠어요, 낳을 건가요?" 했다. 낳지 않는다는 사람

이 많아서 그렇구나 하는 생각이 들게 하는 말투였다.

그래서인지 나도,

"어떻게 할까요?" 하고 말해버렸다. 장갑을 살지 말지 망설이는 것도 이보다는 신중할 것 같다.

의사는 차트에 뭐라고 적다가 펜을 내려놓고 깔깔깔 웃었다.

"나이를 봐서는 낳으라고 하고 싶네요……"

남자같이 몸짓이 활달한 여자였다. 그녀가 벽에 걸린 달력을 보며 예정일을 말해줬다.

올겨울에 낳게 될 거라고. 아이고머니나. 농담이 아니구나. 예정일을 듣자 갑자기 현실감이 밀려왔다. 낳을지 말지 결정도 안 했는데 예정일을 말해주다니, 이건 말도 안 돼, 하고 나는 속으로 중얼거렸다.

돌아오는 길에는 나 자신을 위해 빨간색과 흰색이 섞인 튤립을 열 송이 샀다. 보통 때와 달리 기분이 들떠 있었다. 흥겨움 같은 건지도 모른다고 잠시 생각했다.

나잇살이나 먹어가지고 참 꼴불견이구나 하면서도 설렜다. 기쁘다기보다 성가시고 골치 아픈 느낌이지만, 두려움이나 후회나 절망은 없었다. 혼자서 혀끝으로 맛보는 것 같은, 잘금거리는 마음의 파도가 일었다고밖에 달리 표현할 말이 없다.

어떡하지.

어떻게 해주면 좋겠니?

나는 저기 먼 곳에 있는 '예정일'에게 물어본다.

"네가 튤립을 다 사 오고 무슨 일이냐?"

집에 들어가자 엄마가 눈을 동그랗게 뜨고 물었다. 나는 꽃꽂이를 배운 적이 없고 꽃을 사는 일도 없었다. 엄마가 가끔 소중한 듯이 두세 송이 사들고 오는 일은 있었어도.

"봄이 왔구나, 그런 생각이 들어서."

크고 흰 법랑포트에 꽂아뒀다. 단순한 꽃은 단순한 용기가 어울린다.

정말로 거기에만 봄이 온 것 같았다.

엄마 아빠 여동생들, 마음씨 착한 가족을 배신했다는 생각을 하자 마음에 구름이 낀 듯했지만, 그래도 하얀색이 섞인 빨간 튤립에 얼굴을 묻고 있으니 두근거리는 기분을 억누를 수 없었다.

현실적으로는 앞으로 좀 어려운 입장이 될 것이다. 지금의 생활, 안정된 생활을 뒤엎어야 한다. 내게 그럴 용기가 있을까? 남의 일 같다.

기요가 출장에서 돌아온 건 4월 첫 주의 토요일이었다. 오전에 복귀했지만 보고하랴 협의하랴 바빠서 모두들 퇴근하는 시간에도 회사에 남아 과장과 얘기를 나누고 있었다. 나는 기다리고 있을 수 없어 한걸음 먼저 회사를 나섰다.

전철 플랫폼에 서 있는데,

"뭐야, 조금만 기다리면 됐을걸……" 하고 기요가 숨이 차서 달려왔다.

전철 안은 콩나물시루였지만 기요가 밀어줘서 간신히 탔다.

"당신 꿈만 꿨어……"

"흥."

"정말이야. 열 때문인가 했는데 꿈에서 당신이 시무룩해 있더라고. 걱정되잖아. 당신이 날 걱정해줘야 맞는 건데. 감기 때문에 엄청 고생했어."

전철은 굉음을 울리며 우메다를 향해 달려갔다.

"위로도 안 해줄 거야?"

기요는 사람이 꽉 찬 걸 핑계로 은근슬쩍 내 엉덩이를 쓰다듬었다.

"치한" 하고 작게 말하고 눈으로 야단쳤더니,

"같이 밥 먹어주면 안 그러지" 했다.

"먹을게."

"밤까지 같이 있어줄 거야?"

"있을게."

우메다에 도착해서야 기요는 내게서 몸을 뗐다. 출장 기간 동안 감기가 나았는지 무척 활기차 보이는 그는 콧노래를 부르며 계단을 올라갔다. 역 구내에서 공사를 하고 있어서 귀청이 떨어져나갈 것처럼 시끄러웠다. 얼굴을 마주보며 말하고 싶지는 않고, 이런 소음 속에서라면 말할 수 있을 것 같아 계단을 올라가

면서,

"생겼대!" 하고 나는 기요의 귀에 대고 말했다.

"뭐 그럭저럭."

기요는 엉뚱한 대답을 했다. 판매 실적 이야기라고 착각한 것이다. 출장갔던 사람들은 성과가 생겼다, 없었다, 그렇게 말하니까.

"아니. 나한테 생겼대."

"종기?"

"좀 복잡한 거야."

"복잡한 거라니, 혹시 그거?"

기요는 마치 진귀한 걸 보듯 나를 봤다. 내가 진지하게,

"그래, 아, 기" 하자 기요는 침묵했다. 그곳은 이미 번화가로 이어지는 지하상가였다.

기요는 어느 쪽으로 가야 좋을지 모르는 사람처럼 인파에 묻혀 우두커니 서 있었다.

나는 씩 웃었다.

"오늘 며칠인지 알아?"

내가 말했더니 기요는 얼굴을 구기며,

"또 또 또…… 뭐야, 에이프릴 풀*이었구나. 정말 웃긴다. 아이고, 졌다 졌어" 했다.

---

* 만우절.

"순간 헉했지?"

"응! 아하하하."

"제대로 걸려들었네."

우리는 돌솥밥집에 가서 점심을 먹었다. 나는 기요에게 시코쿠 출장 이야기를 들려달라고 했다. 기요는 일 얘기든 여자 얘기든 다 똑같은 투로 말한다. 기요는 함께 시코쿠를 돌았던 동료가 요령을 피워 '힘든' 일을 모두 자기에게 떠넘겼다고 투덜거렸다.

"이렇게 했다니까."

"이러더라니까."

집에 달려가서 엄마에게 이르는 꼬맹이 저리 가라다. 나는 기요의 친척인 초등학생 요사에몽도 이럴까 하고 생각했다.

기분좋게 식사하고 기요는 호텔로 가고 싶어했지만 아직 해가 중천에 있고 피곤한 듯도 해서 전철 플랫폼에서 "안녕" 하고 헤어졌다.

병원에 다녀온 후로 나는 왠지 조신한 처자가 되어 퇴근해 돌아오면 저녁식사 준비를 돕거나 세탁기를 돌리거나 했다. 생각할 것들이 가득 있었지만 겉으로는 아무 걱정 없다는 듯 생글생글 웃으며 구김살 없는 딸 노릇을 했다.

나는 그 많은 생각을 할 때 기요를 계산에 넣지 않기로 했다. 불쌍하니까……

그날도 기요와 헤어지고 돌아와서 여동생들과 태평스럽게 한도 끝도 없이 수다를 떨다가 늦게 잠이 들었다.

새벽 한시쯤 전화벨이 울렸다.

뼛속까지 스며드는 밤공기를 느끼며 힘들게 일어나 전화를 받았다.

"와다? 나야."

목소리의 주인은 기요였다. 취했는지 목소리가 굵고 탁했다.

"자고 있었어? 미안."

그러고는 잠시 침묵하더니,

"아까 헤어지고 집에 돌아와서부터 계속 술을 마셨어…… 오늘 얘기, 그 복잡한 종기 얘기, 정말이지? 만우절 거짓말이 아니라"라고 했다.

나는 얼마든지 말을 지어낼 수 있었다. '아니, 만우절 거짓말이야. 당연한 거 아냐'라든가 '졸리니까 이만 끊어'라든가.

하지만 기요는 내게 말할 틈을 주지 않았다.

"점점 그쪽으로 생각이 드는 거야. 당신은 왜 그렇게 말을 돌려서 해? 나는 머리가 나쁘니까 똑똑히 말해줘야 해. 여보세요? 듣고 있어?"

"듣고 있어."

내가 무뚝뚝하게 대답하자 기요는 비로소 기쁜 듯 소리를 내며 웃었다.

"하하하. 역시 정말인가보네. 이제부터 바빠지겠는걸. 내일 일단 내가 그쪽으로 갈게."

"뭐 하러?"

"뭐 하러라니. 15대 다로자에몽을 위해서 빨리 결혼해야지. ……아, 이거 실은 술 마시고 하는 농담이야. 하하하……"

"복수하는 거야?"

"지금 건 농담. 나 내일 진짜 간다. 그럼…… 아, 그리고 몸 차게 하지 마."

그는 끊으려다 말고,

"아, 내일은 어머니 모시고 갈게" 했다.

부드러운 말투다.

"다정한 일들 하나하나도
에이프릴 풀의 저녁까지만
거짓도 진실도 야속함도
아침에는 잊히길."

다케히사 유메지 시인은 그렇게 노래했다. 하지만 지금은 벌써 만우절 다음날 새벽 한시. 기요의 따뜻한 말은 거짓말이 아닐지도 모른다.

세상엔 좋은 남자가 가득할 거야

요즘 나는 재미있는 일 하나 없이 멍하게 세월을 보내고 있다. 현재 무직. 집안일을 돕는 중이라고 해야 할지 신부수업중이라고 해야 할지……

사람들에게 넋이 빠져 보인다는 말을 자주 듣는다.

오늘도 그런 날이었다. 라디오를 들으면서 불이 잘 붙은 연탄을 연탄집게로 집어올려 화로로 옮기던 중이었다(엄마는 연탄으로 음식을 하면 경제적이기도 하고 맛있기도 하다면서 지금까지도 애용한다).

그때 퍽 하는 소리와 함께 새빨갛게 불타는 연탄 아래쪽이 깨져서 다다미에 흩어졌다.

좀처럼 이런 일이 없는데 옮길 때 어디에 닿았나보다.

"꺅!"

내가 소리지르자 오빠와 새언니가 뛰어와 꺼줬다.

"이게 뭐냐?"

아버지까지 나와서 나무랐고 엄마도 호되게 야단을 쳤다. 다다미와 방석에 점점이 탄 자국이 남았다.

엄마는 평소 아끼던 면방석이 망가진 것을 보더니,

"도대체 어디다 한눈팔고 있었어!" 하고 쳇소리를 냈다.

"멍청해가지고!"

"뭘, 어쩌다가 그럴 수도 있잖아."

나도 지지 않고 대꾸했다.

"일 년에 한 번 하는 실수를 가지고 난리야."

조카들은 교대하듯 달려와 불탄 자국을 보며 재미있어했다.

"아유 무서워라, 무서워라. 이러다가 불나는 거야. 너희는 불 만지면 안 돼."

새언니는 화재예방 교재로 삼았다.

"새 다다미를……"

엄마가 또 말했다. 나는 잔소리 듣는 것이 성가셔서 탄 다다미 위에 방석을 덮으려고 했다. 그러자 엄마가,

"거길 뜯어내. 괜찮은 데를 떼어다가 이어 붙어야겠어. 어떻게 이런 끔찍한……" 했다.

엄마는 꽤 시끄럽게 말하는 인종이다.

꼬맹이들은 불탄 자국을 가리키면서,

"다섯 개, 여섯 개…… 아, 고모, 여기에도 있어" 하며 세고 앉았다.

뭐 재미있는 일 없나 하고 심심해하던 차에 신이 난 모양이다.

나는 작년에 회사를 그만뒀다. 아버지도 엄마도 오빠도,

"왜 그만둬? 결혼하는 거라면 몰라도 다른 할 일도 없으면서 왜 그러는 거야, 왜!" 하고 야단쳤다.

하지만 나는 더이상 회사에 다니고 싶지 않았다.

"서른 넘어서까지 있으면 말들이 많단 말이에요" 하며 어물쩍 넘겼다.

사실 그 정도는 아니다. 물론 남직원들은 젊은 여직원이 새로 들어와주면 신이 나기야 하겠지만, 그렇다고 기존의 여직원에게 나가달라는 식으로 심하게 나오지는 않는다.

서른 넘은 여직원이 둘 있었지만 특별히 퇴직 압력을 받는 것 같지는 않았다.

하지만 그 바로 아래 연령대의 여직원이 없었다. 대부분 서른이 되기 전에 회사를 그만두기 때문이다.

월급도 괜찮은 편이라서 사실은 그만두고 싶지 않았지만 더는 그와 한 직장에 있고 싶지 않았다.

실연까지는 아니어도…… 굳이 말하자면 자존심까지 짓밟혀가며 회사에 나가야 하는 것이 싫었다.

엄마는 내가 집안일을 전혀 할 줄 모른다는 걸 알았기 때문에,

"차라리 잘된 건지도 모르겠다. 결혼할 때까지 요리든 양재든 제대로 배워둬" 하고 말했다. 나는 지쳐 있었기 때문에 회사도 그도 다 피하고 싶었다.

나와 사이가 좋았던 이케나카 구미코는,

"왜 그만둬? 그만두면 너만 손해잖아. 다른 데 다시 취직할 거면 여기 그냥 있어"라며 말렸다. 구미코는 나와 오오쿠라 신이치의 관계를 잘 알고 있었다.

"네가 그만둘 건 없잖아. 시치미떼고 그냥 다녀."

구미코는 합리적인 아이라서 그런 문제를 단순명쾌하게 생각한다.

합리적이기 때문에 처음부터,

"난 오오쿠라 씨는 사람이 나빠서 싫어. 너 오오쿠라 씨한테 완전 무시당하고 있는 거 알아?" 하며 냉정하게 판단했었다.

하지만 그런 건 머리로는 알아도 마음으로는 모르기 십상이다. 어쨌든 나는 그를 좋아하게 됐기 때문에 어쩔 수가 없었다.

그와 나는 동갑내기인데 입사는 내가 빨랐다. 그는 시원시원하고 활달하고 말도 똑 부러지게 했다. 나는 그런 그가 웃을 때 어린애같이 살짝 썩은 이가 보이는 것이 귀여웠다.

우리 부서에서 가장 쾌활하고 얼굴도 눈에 띄게 잘생겼다.

여직원들은 모두 그를 보는 것을 낙으로 삼았다.

농담도 잘하고 일도 열심히 해서 과장에게도 귀여움을 받는 모양이었다.

"오오쿠라 녀석이 마스이 씨를 좋아한다던데? 왠지 모르지만 최고로 좋다고 하더라고"라며 중년 사원이 내게 웃으며 말했을 때, 나는 그냥 따라 웃었다.

나도 쾌활하고 잘생긴 오오쿠라가 싫지 않았다.

"마스이 씨, 이거 어떻게 된 거죠?" 하고 그가 내게 물으면 마다 않고 뭐든 친절하게 가르쳐주곤 했다. 그는 상식이 풍부할 뿐만 아니라 감각도 있고 눈치도 빨라서 일을 빨리 배웠고 주변 사람들이 어디를 긁어주면 좋아할지도 재빨리 파악했다.

구미코는 오오쿠라가 눈치가 빠른 점을,

"사람이 나빠"라고 했지만 나는 그렇게 생각하지 않았다.

나는 학벌은 좋지만 느려터진 남자나 엘리트임을 내세워 회사 여자들을 무시하는 젊은 남자를 싫어하기 때문에 늘 유쾌한 얼굴에 여자를 편하게 해주는 오오쿠라에게 호감이 갔다.

나와 단둘이 있을 때 오오쿠라는 자신에게 무뚝뚝하게 대하는 계장에 대해 불평을 늘어놓았다.

"으음, 그 사람은 늘 그래요. 누구한테나 그러니까 신경쓰지 마요."

나는 그렇게 위로했지만 남자들의 세계도 밑바닥에는 나름대로 힘든 일이 많구나 하고 생각했다.

"난 학벌도 별로고, ……주류에는 끼지 못해."

늘 유쾌해 보이고 반짝이는 검은 눈동자에 웃을 때 어린애처럼 썩은 이가 보이는 오오쿠라가 혼잣말같이 말하면, 다른 사람 앞에서는 쾌활한 모습만 보이지만 내게는 근심걱정을 숨김없이 털어놓는구나 하고 생각했다. 그런 그가 무척 귀여웠다.

나는 남자가 슈트를 갖춰 입은 모습을 보는 것이 좋다. 재킷을 벗고 흰 와이셔츠에 조끼 차림으로 있는 오오쿠라를 보면 뭐랄까, 야릇한 느낌이 든다.

윤기 흐르는 새틴 조끼를 입은 등에서 남자만의 매력이 흘러나왔다.

점심시간에 내가 조금 일찍 자리로 돌아와 주변을 정리하고 있으면 오오쿠라는 나를 발견하고 기쁜 듯이 잽싸게 다가와서는 의자에 거꾸로 걸터앉아 작은 소리로 그런 말들을 해댔다. 재킷을 벗은 남자의 요염한 매력에 눈뜬 건 그때였다.

재킷 하니까 생각났는데, 언젠가 사무실 이동이 있어서 사물함이 모두 교체된 적이 있었다. 오오쿠라는 재킷이 없어졌다면서 여기저기 찾으러 돌아다녔다. 나는 왠지 감이 발동해서 옆 부서의 사물함에 잘못 들어가 있는 오오쿠라의 재킷을 찾아줬다. 나는 그 재킷을 꽉 끌어안고 냄새라도 맡아보고 싶었지만 꾹 참고,

"자 여기, 찾았어요" 하고 쾌활하게 말하며 건네줬다.

그런 마음이 자연스럽게 오오쿠라에게 전해지는 줄도 몰랐다.

사람의 마음은 잔잔하게 퍼져가는 잔물결 같은 건데.

  결산으로 바쁘던 어느 날의 늦은 귀갓길, 어두운 빌딩가를 동료들과 함께 걸어가다 헤어지려는데,

  "그럼 이별의 악수" 하며 오오쿠라가 손을 내밀었다. 별 뜻 없이 나도 손을 내밀었는데 그가 골목길 쪽으로 힘껏 잡아채 뒤에서 모두가 보고 있는데도 웃으며 자기 입으로 내 손을 가져갔다.

  "이런, 장갑을 끼고 있네."

  "왜 이래요! 악수만이에요."

  그렇게 말했지만 왠지 두근거렸다. 마치 중학생 같아, 이런 일로 가슴이 두근거리다니, 했다.

  다음날 오오쿠라는 시치미를 뚝 떼고 천연덕스럽게 자리에 앉아 있었지만, 그리고 나 역시 그런 일에 큰 의미를 두는 건 우습다고 생각했지만 그 일 이후 오오쿠라를 신경쓰지 않고는 배길수가 없었다. 한마디로 말해서 중학생의 첫사랑 같은 기분에 빠지고 만 것이다.

  오오쿠라가 나의 '그'가 된 건 얼마 지나지 않아서였다.

  정월의 첫 출근 날 회사 선배의 집에 초대받아 갔다. 선배 중에서도 꽤 고참인 남자인데 아직 계장 승진은 못 했지만 젊은 사원들에게 꽤 인기가 있었다.

  멤버는 남자와 여자 서넛씩이었고 부인이 맛있는 음식을 준비해놓고 기다리고 있었다. 몇몇은 마작을 했고 우리는 트럼프나

백인일수*를 했다.

조금 늦게 오오쿠라가 왔다. 그는 남자들의 강요로 술을 제법 마셨다.

오오쿠라가 술을 많이 마셔 힘들어하자,

"아래층에 내려가 좀 쉬세요" 하며 부인이 그를 데리고 내려 갔다.

그후에도 부인은 귤을 내오거나 술을 내오거나 하며 들락거렸 는데 오오쿠라가 올라오는 기미는 없었다. 나는 걱정돼서 살펴 보러 내려갔다.

오오쿠라는 아이처럼 순진한 얼굴로 담요를 코까지 끌어올리 고 자고 있었다.

"이제 다들 집에 간대요."

내 말에 깜짝 놀라며 눈을 뜨는 걸 보니 살짝 잠든 게 아니라 진짜로 잠이 들었던 모양이었다. 그가 담요를 밀어젖히며 일어 났다.

"마스이 씨 꿈을 꿨어. 방금."

"또 그런다……"

"정말이야. 이렇게 하고 있는 거."

---

* 옛 시인 백 명의 시를 한 수씩 모아 카드로 만든 것으로, 시의 전반부를 듣고 해 당 카드를 찾는 놀이.

오오쿠라가 나잇값도 못 하고 무방비 상태로 앉아 있던 나를 눈 깜짝할 사이에 끌어안고 키스했다. 아직 술기운이 남아 있었는지도 모르겠다. 새로 맞춘 그의 양복은 밝은 회색이었는데 재킷 없이 조끼만 걸친 모습은 역시 내 가슴을 두근거리게 했다.

"왜 이래요, 사람들 내려와요."

나는 작게 말하면서 완강하게 저항했다.

"괜찮아."

그는 점점 더 거리낌없어졌다.

"옷이 구겨지잖아요. 손 놔요!"

내가 화를 내자 그는,

"그럼 지금 나랑 어디 가지 않을래?" 했다.

나는 그의 손이 너무도 거침없어서 화가 났다.

여자를 다루는 데 꽤 능숙하다는 생각이 들었다. 그의 쾌활함이나 싹싹함도 나이치고는 여자 경험을 많이 해본 데서 온 것인지도 모른다.

"내일이라도 좋으니까."

그는 또 말했다.

"모레라도 좋아…… 으응? 괜찮잖아, 마스이 씨?"

왠지 나를 우습게 보는 것 같았다. 그러더니 그는 잠시 후에,

"얼른 올라가봐. 이상하게 생각하겠어" 하며 걱정하는 척 나를 쫓아보내려 했다.

"마스이 씨하고 특별한 사이가 되고 싶어. 하지만 회사에서는 절대 남남이야."

나는 그의 검게 썩은 이가 정말로 어린애 같아 보여서 아무 대꾸도 하지 못했다.

그의 엉큼한 면모가 점점 드러나는 듯했다.

회사에서 그는 나 말고도 다른 여직원들과 시시덕거리며 농담을 주고받았고 구미코에게까지 수작을 걸었다.

"마스이 씨, 부탁해요."

큰 소리로 일을 부탁하는 건 전과 마찬가지였는데 어쩌다가 단둘만 있게 되면 잽싸게 몸을 만지거나 키스를 했다.

"비밀, 비밀" 하면서.

그리고 계속 나를 꼬드겼다.

나는 그와 저녁을 먹거나 술을 마시면 그다음에 어딘가에 가야만 할 것 같은 생각이 들어 그의 데이트 신청을 모두 거절했다.

하지만 차차 그의 행동이나 비밀스러운 눈짓, 웃음(내가 웃어주면 그는 그 틈에 키스하려 들었다), 체취 같은 것에 익숙해져갔다.

그는 조금도 변함없이 유쾌하고 호방한 남자로 보였고 그렇게 행동했지만, 나는 점점 말이 없어졌다.

나는 구미코에게 털어놓았다.

구미코는 아무래도 내 얘기가 이해되지 않는 모양이었다.

"무슨 소리야? 결혼하재?"

"그런 얘기는 안 나왔어."

"그럼 밥 사주겠대?"

"그것만 하자는 게 아니야. 괜찮잖아 괜찮잖아 하는데 아무래도 그건……"

"아. 몸을 원한다 이거군."

구미코는 얼굴색 하나 안 변하고 말했고,

"에이, 그만해. 너무하네" 하며 나는 얼굴이 빨개졌다.

"너 그렇게 중심을 못 잡으면 어떡하니. 나잇값을 해야지."

구미코는 어이없어했다.

"뻔하다. 결국 같이 호텔에 가자는 거잖아. 널 우습게 보는 거야. 뺨을 찰싹 때려줘. 어린 것이 뻔뻔스러워……"

구미코는 자기도 같은 나이면서 의분을 참지 못하고 그렇게 말했다.

"나는 네가 좀더 똑똑한 애라고 생각했어. 어째서 제대로 한 방을 먹이지 못하는 거야?"

구미코는 내가 그런 문제에 우유부단한 태도를 보이는 것이 희한하다고 했다. 나는 그의 몸이나 행동이나 체취에 점점 익숙해지고 무장 해제 당한 듯 부드럽게 녹아들고 있다는 것을 야무진 구미코에게 말할 수 없었다.

아직 확실히 특별한 사이가 된 건 아니지만. 그런데 특별한 사이라는 건 어떤 걸까. ……손이 닿아도 싫지 않고 그의 부드러운 입술이 기분좋고 머리카락 냄새만 맡아도 가슴이 떨리는 걸로는 아직 특별한 사이가 아닌 걸까?

"분명하게 해두는 게 좋아. 결혼할 마음 있냐고 물어봐. 만약 그럴 마음이 없다면 못 믿을 남자야."

구미코는 나를 부추겼다.

그와 나는 집 방향이 같아서 종종 함께 퇴근하는데 회사 여직원들은 우리 관계를 모르기 때문에 늘 누군가와 함께 있었다.

그래서 단둘이 남게 되는 건 교외전철을 탈 때뿐이었다.

"이번에 휴가 내면 어때, 마스이 씨?"

그가 말했다.

"나도 그날 대체휴가 쓸 테니까 일박으로 어디 놀러가자."

농담인지 진담인지 알 수 없는 말을 하며 즐거워한다.

그건 그가 자주 하는 농담이다.

"말도 안 돼. 창피한 줄 알아"라고 내가 대꾸하면 그냥 우스갯소리로 끝이 났다. 전철 안에서는 그걸로 끝이지만 회사 탕비실이나 자료실 같은 데서는 보는 눈이 없다 싶으면 재빨리 내 블라우스 안으로 손을 집어넣거나 한다. 그럴 때마다,

"이러지 마……" 하며 두근두근하는 음란한 순간이 되었다. 물론 전철 안에서는 그러지 않는다.

나는 여행을 가자고 조르는 그의 말을 잠자코 듣다가 정색한

얼굴로,

"오오쿠라 씨, 당신 나랑 결혼할 거야?"라고 물었다.

그는 깜짝 놀라서 딸꾹질 비슷한 소리를 냈다. 둘 다 손잡이를 붙잡은 팔을 입가에 대고 소리 죽여 말하고 있었고, 전철의 소음 때문에 다른 사람에게는 들리지 않았을 것이다.

그는 순식간에 진지하다기보다 흥이 깨진 얼굴이 됐다.

"지금 집을 뛰쳐나오면 먹고살 수가 없어. 아버지가 허락해주지 않을 거야. 그러니까 집을 나올 수가 없어. 그런데 마스이 씨는 월급이 얼마야?"

나는 얼마라고 대답했다.

"나도 그 정도야. 두 사람 월급을 합친 정도로는 잘살 수가 없어."

"그 정도면 살아갈 수 있어."

내가 말했다.

사내 부부를 허용하지 않는 회사라 지금의 회사에서 맞벌이할 수는 없지만 나는 그 정도 돈은 어떻게 해서라도 벌 생각이었다.

"왜 그런 힘든 생활을 하려고 해?"

그는 납득이 가지 않는다는 표정으로 반문했다.

그러고서 기침을 큼 하더니 신문을 펼쳤다.

올해 정월은 내 인생에서 가장 시시한 정월이었다. 날씨가 화창했지만 엄마가 하오리를 꿰매라고 시켜서 1일과 2일에는 그 일을 하며 시간을 보냈다.

3일에는 기모노를 입고 기모노 재봉 선생님에게 새해 인사를 갔다(나는 기모노 재봉, 양재, 요리 등 신부수업을 억지로 다니고 있었다).

예비 신부 예닐곱이 옷 자랑을 하러 와 있었다. 배달시킨 초밥(차갑고 맛없는)을 먹고 흥도 나지 않는 카드놀이를 하다가 집으로 돌아왔다.

만사가 재미없고, 의욕도 없고, 우울하고 시들하다.

연하장도 형식적인 것투성이였고 그나마 정성이 깃든 연하장은 잘나가는 사람들 것뿐이었다. 내가 연하장을 보냈는데 답장하지 않은 사람도 많았다. 버림받은 것 같아서 내년부터는 절대로 보내지 않겠다고 다짐했다.

신부수업 같은 걸 하다보면 마음이 저절로 비뚤어지는 느낌이 든다.

구미코가 보낸 연하장은 내 꼬인 심사를 최고의 강도로 건드렸다.

"올해는 어떤 계획을 세우셨나요? 당신이라면 당연히 새해를 맞이하는 포부가 굉장할 거라고 생각합니다."

이 대목에 이르러서는 놀리는 정도가 아니라 대놓고 빈정거리는 느낌이 들었다. 나는 회사를 그만둔 뒤에도 구미코하고는 우정을 이어갈 작정이었기 때문에 큰 상처를 받았다. 정성 들인 연하장이라고 해봐야 연말에 아프리카에 갔다느니 작년에 유럽에 갔다느니 하는 자랑질만 가득했다.

봄이 되자 슬슬 신부수업에도 진력이 난 나는 이력서를 들고 신문에 구인공고를 올린 회사를 닥치는 대로 찾아 돌아다녔다.

예상 이상으로 세상은 불경기였다.

게다가 이 회사들을 찾아가보고는 내가 얼마나 세상 물정을 모르고 살았는지 통렬하게 느끼게 됐다. 예전 회사와는 딴판으로 금방이라도 무너질 것 같은 낡은 빌딩의 창고 같은 작은 방이 모모 상사이거나 모모 무역이었다.

파출소 같은 작은 공간에 남자 대여섯이 모여앉아 산처럼 쌓인 이력서를 정리하고 있었다. 그런 작은 회사에도 구직자가 떼를 지어 찾아왔다.

남자가 매뉴얼대로 내게 이것저것 물었다.

"이전 회사는 왜 그만뒀습니까?"라는 질문이 많았다. 대부분이 떨어뜨릴 작정으로 던지는 마음에도 없는 질문이었다. 차 심부름이나 잔심부름을 할 여직원을 구하고 있었다.

다른 회사에도 면접하러 온 여자들이 가득 있었다.

적의에 찬 눈으로 다른 여자를 빤히 쳐다보는 여자도 있고 옆에 있는 여자와 정신없이 수다를 떠는 여자도 있었다. 삼사십 명

중에서 한 명을 뽑는다고 했다.

나는 이런 회사에 면접을 보러 간다는 것을 부모님이나 오빠에게 말하지 않았다. 다들 전의 회사를 그만둘 때 입이 닳도록 말렸었다. 지금 와서 전보다 규모가 훨씬 작은 회사에 지원한다고 하면 또 얼마나 야단들을 칠까.

거봐, 내가 뭐랬어?

서류전형에 통과한 사람을 2층으로 불렀다. '모모 내열'이라는 회사인데, 나는 무엇을 만드는 회사인지도 몰랐다. 나도 2층에 불려갔다.

자상해 보이는 아저씨에게 간단한 질문을 받았다. 역시 전에 다니던 회사를 왜 그만뒀느냐는 질문이 날아왔다.

나는 결혼할 생각으로 그만뒀지만 혼담이 순조로이 진행되지 않았다고 대답했다. 아저씨는 이해한다는 표정을 지었다.

다른 남자에게 한번 더 면접을 보고, 바로 통지해주겠다는 말을 듣고 옆방으로 돌아왔다.

"수고했어요" 하고 좀 전의 아저씨가 말을 건넸다. 느낌은 괜찮네…… 하는 생각이 들었다.

나는 회사를 그만둔다는 사실을 오오쿠라에게 끝까지 말하지 않았었다.

다른 사람에게 그 이야기를 들은 그가 나를 찾아와서는,

"마스이 씨, 그만둬?" 하고 정색하며 물었다.

"응."

"왜! 결혼해?"

"으응, 글쎄."

"허어."

그는 놀라서 얼빠진 얼굴을 했다. 하지만 나는 그의 뒤통수를 쳤다는 마음이 들진 않았고 그와 '특별한 사이'가 되지 못한 채 헤어지는 것이 좀 아쉬웠을 뿐이다.

그의 곁에 오래 있었다면 언젠가는 그렇게 됐을 것이다. 결혼을 전제로 하지 않은 채 그의 요구에 응했을 것이다.

"널 바보 취급하고 있는 거야."

구미코가 그렇게 말했지만 난 '바보 취급이 뭐가 나빠' 하는 마음으로 그에게 빠져들었을 것이다.

그것을 위태롭다고 느끼고 사전에 용케 몸을 뺀 건 아니었다. 처음에 오오쿠라에게 가졌던 호감, "마스이 씨!" 하고 부르는 그에 대한 호감이 변질되는 것이 쓸쓸했기 때문이다. 나는 호감을 가졌던 추억을 그대로 간직한 채 헤어지고 싶었다.

"외롭겠는걸. 나 외로워질 거야."

그는 그렇게 말했다. 그때 그의 목소리는 못되지도 뻔뻔하지도 자기 멋대로이지도 않은, 정말로 그의 좋은 점만을 드러낸 목소리였다.

나는 회사를 그만두고 그의 곁을 떠나는 것이 다행이라고 이

때 생각했다.

"그럼 잘 가. 건강하게 지내!"

그는 악수하려고 손을 내밀었다. 여러 가지 추억이 담긴 악수였다.

회사를 그만두는 건 조금 아쉬웠지만 이 악수는 그만큼의 희생을 지불하기에 충분한 가치가 있다는 느낌이 들었다.

그의 눈은 욕정에 젖어 있었고, 내 손을 잡은 그의 촉촉한 손이 등판에 새틴 조끼를 걸친 섹시한 매력만큼이나 내 마음을 간질였기 때문이다. 그는 내 손을 놓으며 진심으로 아쉬워했다.

연탄불로 다다미를 태운 실수 때문에 울적해진 내게 엽서가 날아들었다.

'모모 내열에서 채용하겠으니 ×일부터 출근하십시오'라는 채용 통지서였다.

아이고, 또 세상으로 나가는구나.

세상엔 좋은 남자가 가득할 거야.

나는 봄을 맞아 겨울잠에서 깬 것처럼 기뻐했다.

하지만 조끼를 입은 모습이 그렇게까지 섹시한 남자는 다시 만날 수 없을 것 같은 생각이 든다. 그 매력에 이끌렸던 것은 내게도 그를 향한 욕정이 있었기 때문일 것이다. 빠져들지 않고 몸을 빼버린 것이 조금은 아쉽기도 하다.

행복은 돌이 되었다

어젯밤에 그 녀석 꿈을 꾸고 말았다.

분명 준코와 다에코가 그 녀석 얘기를 했기 때문일 것이다. 두 사람이 번화가에서 그를 우연히 만났는데 여전히 독신인데다 변함없이 멋을 부리고 다닌다고 했다. 그러면서도 준코는,

"나이가 들어서 그런지 왠지 다른 사람 같았어. 세월의 때가 묻었다고 할까, 독신의 때가 묻었다고 할까. 어딘지 모르게 조금 헌 것 같은 느낌? 웃으면 주름도 잡히고 이젠 몰골이 말이 아닌 게 흔한 아저씨가 다 됐지 뭐야" 하고 형편없이 깎아내렸다.

그러자 다에코가 수습하는 투로,

"원래 남자가 여자보다 빨리 늙어. 일하다가 건강이 조금 나빠지기라도 하면 더 엉망으로 늙지. 불쌍하잖아. 혹시 제대로 된

직장을 못 구한 거 아닐까" 하고 그 녀석을 편드는 말을 했다.

다에코는 서른둘, 스물여덟인 나와 준코보다 나이가 많은데다 정이 많은 타입이라 누가 됐든 일방적으로 남을 깎아내리는 말은 하지 않는다.

"그 녀석 하는 일 있잖아. 빈대. 여전히 여자한테 빈대 붙어서 편하게 살고 있겠지."

준코가 또 독살스럽게 말했다.

"꼭 그런 것만도 아니야."

내가 중얼거리자,

"어머 어머 애 좀 봐. 오 년이나 지났는데 아직도 편을 드네" 했다.

준코는 불쾌할 만큼 큰 소리로 웃었다.

그뒤에도 준코와 다에코는 계속 수다를 떨다가 결국 열두시 십분 마지막 전철 시간에 맞춰 집을 나섰다. 전철역까지 가는 버스는 이미 끊겨서 택시를 불렀다. 다섯시쯤 왔으니 꽤 오래 놀았다.

두 사람이 돌아가자 갑자기 조용해졌다. 어질러진 집안은 더 어수선해 보였고 열린 창문으로 차가운 밤공기가 불어들어왔다.

다에코는 손이 빨라서 놀러오면 늘 부지런히 뒤처리를 해준다. 그러는 동안 준코는 담배를 피우며 여유만만하다. 늘 그랬는데 오늘밤은 마지막 전철을 놓칠까봐 둘 다 허둥지둥 뛰어나 갔다.

나는 재빨리 방을 치우고 이불을 뒤집어쓰고 그대로 잠들어버리고 싶었지만 그 녀석과 함께했던 시절을 기억해내고 말았다. 콧노래를 흥얼거리며 바지를 다리던 그 녀석(프레스는 주름이 생긴다면서 싫어했다), 즐겁게 구두를 닦던 그 녀석(자기 구두만), "용돈 좀 줘!" 해서 내게 돈을 꺼내게 하고는 먼지 한 톨 남기지 않고 시원스레 나가던 그 녀석. 그 모습을 바라보던 생활에 지친 부스스한 머리의 나.

그러나 꿈까지 꿀 줄은 몰랐다.

그 녀석은 무척 다정했다. 나는 (꿈속에서) 덧없는 희망을 품고 있었다. 잘해나갈 수 있을 것 같은 생각이 들어 그 녀석의 손을 잡았더니 무척 따뜻했다. 그런데다가 그 녀석이 가까운 시일 내에 큰돈이 들어온다고 말하는 것이 아닌가. 물론 그런 말을 한다고 진짜로 돈이 들어온 적은 한 번도 없었지만 말만 들어도 나는 기뻤다.

그 녀석이 다정하게 말을 걸어줬고 (구체적으로는 기억나지 않는다. 어쨌든 꿈속이니까. 다만 그런 느낌이 남아 있을 뿐) 나는 행복감에 가슴이 부풀었다. 그래선지 아침에 눈을 떴을 때 가슴이 뿌듯했다.

그런데 이상하게도 눈을 떴는데도 꿈이 계속됐다. 폭이 넓고 완만한 돌계단을 둘이서 내려가고 있었다. 달력에서 본 듯한, 외국 어느 궁전의 돌계단이었다. 돌계단은 호수 아래쪽 가장자리의 화단까지 이어져 있었고 계단 양옆으로 꽃이 흐드러지게 핀 화분을 들고 있는 여자 조각상들이 있었다. 돌계단을 내려가니 저 멀리 울창한 숲이 보였다.

나는 맘먹고 그 녀석의 손을 잡았는데 녀석은 가만히 있었다.
"밥 먹을래?" 하자 녀석은 망설이며 입을 우물거렸다.
"내가 낼게" 하자 별안간 녀석의 얼굴색이 환해지며,
"응, 가자!" 하고 바로 대답했다.

여기서 겨우 확실하게 눈이 떠졌는데, 마지막 장면이 진짜 웃겼다!

"푸하하하하……"

나는 혼자 방바닥을 구르며 웃었다. 웃으며 잠에서 깨다니. 하지만 그것은 행복에 겨운 웃음이 아니라 꿈속에서조차 그 녀석의 성격이 나타나서 터진 조금은 아이러니한 웃음이었다.

그래서 더 웃겼다고 할 수도 있다. 늘 내가 밥을 사주거나 돈을 빌려줬기 때문에 그런 일은 얼마든지 있었을 테지만, 그런 기억을 일부러 되새겨본 적은 없었다.

꽃화분을 든 석상이 양옆으로 늘어서 있는 돌계단. 눈이 오나 비가 오나 늘 그곳에 서 있는 눈처럼 흰 석상. 물이 있는 경치. 그런 풍경을 본 적도 없다.

더욱이 내가 먼저 그 녀석의 손을 잡은 기억도 없다. 왜 그런 꿈을 꿨는지 신기했다. 하지만 문득 떠오르는 게 있었다. 꿈에서 본 돌계단은 꽤 오래전에 프랑스 영화 〈악마는 밤에 온다〉에서 본 것 같았다. 나는 그 영화를 텔레비전에서 봤다. 악마에게 영혼을 판 청년 질이 안느 공주와 사랑에 빠졌고 둘은 숲의 샘물가에서 끌어안은 채 돌이 됐다.

그 광경이다. 유지가 꿈에 나와 그 광경 속에 서서 돈 얘기를 했던 것이다.

모리야 유지. 그 녀석의 이름이다. 유지는 오 년 전에 나와 다에코, 준코와 함께 시나리오학교에 다녔다. 육 개월 코스의 시민강좌였다.

대부분의 수강생이 회사원이라서 강의는 저녁에 있었다.

유지는 회사에 다니는 듯했는데 회사 이름도 전화번호도 가르쳐주지 않았다. 나는 작은 의류 회사에 다녔고 준코는 화장품 회사의 홍보과, 다에코는 시청의 고참 공무원이었다. 일주일에 세 번씩 반년이나 만나다보니 사십 명쯤 되는 수강생 모두가 친해졌는데 특히 우리 넷이 뭉치는 일이 많았다.

유지는 나보다 한 살 아래지만 얼굴도 잘생기고 스타일도 좋아서 나이보다 훨씬 어려 보였다.

그는 자신이 멋을 부린다는 사실을 남들이 눈치채는 걸 부끄러워했다.

일부러 멋부리는 건 아닌데 사람의 눈을 끄는 멋스러운 데가 있다고, 남들이 그렇게 봐주기를 바랐다. 그러나 실은 옷차림이며 얼굴, 머리, 모든 것에 신경을 쓰면서 멋있어 보이려고 안간힘을 썼다.

그래서 늘 다른 사람들은 어떤지 쳐다보느라 두리번거렸다.

처음에는 그런 유지가 싫었다. 하지만 그는 우리 반 여자들뿐만 아니라 단가短歌반이나 사회과학인문반 여자들에게도 주목받고 있었다.

꽃미남은 아니지만 그의 행동과 분위기에는 사람의 눈을 끄는 매력이 있었다. 유지는 그걸 잘 알면서도 모르는 척했다.

시나리오와 라디오 대본, 희곡에 텔레비전 드라마까지 쓰고 싶은 야심이 있었기 때문에 멋부리는 데 신경을 뺏기고 있다는 사실을 남에게 들키고 싶지 않았는지도 모른다.

"너 여자한테 인기 많구나."

내가 그러면 그는 자못 놀랐다는 듯이,

"정말? 믿을 수 없어. 또 놀린다" 하며 일부러 삐친 척했다. 그러면서도 눈을 반짝이며 그 얘기를 좀더 듣고 싶은 마음을 숨기지 못했다.

"너 멋쟁이구나" 하면,

그는 화를 냈다.

남들이 멋쟁이라고 생각해주면 좋지 않은가. '와, 멋지다' 하고 여자들이 시선을 주는 것을 알아차리고 우쭐해지는 젊은 남자. 이게 자연스러운 거 아닌가.

젊은 남자로서 자연스럽게 여자의 시선을 끈다면 자랑하고 순순히 기뻐하면 좋을 것을 유지는 안 그런 척하려고만 했다.

"모리야 씨는 몇 살이야?" 하고 내가 물은 적이 있었다.

"몇 살로 보여?"

그는 결코 자신의 진짜 나이를 말하지 않았다. 남자가 나이를 숨기는 건 또 처음 보네. 나는 속으로 웃었다.

하지만 시나리오학교는 다사제제*이고 다양한 사람이 모이니까 그것도 버라이어티의 하나라고 재미있게 받아들이기로 했다.

모리야 유지가 쓰는 글은 붕 떠 있고 어디 한군데 눈에 들어오는 데가 없었다. 대화를 나눌 때는 그럭저럭 괜찮은데 글에는 뿌리가 없었다. 하지만 그것도 유지의 조금 달콤한 느낌의 잘생긴 얼굴이나 탄력 있는 몸과 잘 어울리는 무드라고 할 수 있을지 모르겠다.

글을 보면 그 사람을 알 수 있다고 하는데, 나는 유지가 쓴 습작을 읽고 드디어 그의 본질을 확실히 알게 됐다고 해야 할지도 모른다. 나는 유지를 가벼운 사람이라고 단정했다. 강좌가 시작되고 석 달이 넘어가자 영화반, 텔레비전반 등으로 반이 나뉘게 됐다.

나는 드라마를 쓰고 싶었기 때문에 텔레비전반을 선택했다.

---

* 多士濟濟, 뛰어난 인물이 많음.

재능이 있는지는 모르겠지만 어렸을 때부터 드라마 작가가 되고 싶었다. 작은 일이라도 좋으니까 방송 일을 하며 먹고살 수 있게 된다면 얼마나 좋을까 하고 꿈꿔왔다. 그렇게 될 때까지 회사를 그만둘 수 없었다. 성실하게 일하고 월급으로 알뜰살뜰 절약하고 살면서 남는 시간에는 내 안에서 종잡을 수 없이 몽글몽글 피어오르는 이야기들을 밤늦게까지 글로 옮겼다.

헛된 노력일 수도 있었다. 어쩌면 영원히 아무 보상도 받지 못한 채 끝날 수도 있었다.

그렇게 되면 내가 보낸 청춘의 날들은 엄청난 낭비가 되어버릴 것이다.

결혼도 연애도 못 해보고 싸구려 원고지만 더럽히면서 청춘을 다 흘려보낼지도 모른다.

이런 무서운 불안이 나이와 함께 깊어갔다.

시골에 있는 부모님은 나를 이해하지 못했다.

쓸데없는 데 빠지지 말고 하루빨리 현실감을 찾아 결혼하라고 야단쳤다. 여동생이 먼저 결혼했고 드디어 남동생도 결혼했다. 오빠는 아이가 둘이나 됐다.

나는 고향집에도 가지 않고 밤마다 책을 읽고 서툰 습작을 계속했다.

혹시 수입이 없어지더라도 공부와 습작을 계속하기 위해 얼마 안 되는 월급이지만 한푼 두푼 모았다.

늘 똑같은 옷을 입고 똑같은 액세서리를 했다. 친구가 안 쓴다며 준 핸드백을 몇 년째 들고 다녔다. 책이나 시디를 사는 돈은 아깝지 않지만 꾸미는 데 쓰는 돈은 낭비라고 생각했다.

물론 그런 데 쓸 돈도 없었다.

젊은 여자가 대도시에서 혼자 살면서, 더구나 분수에 맞지 않는 가당찮은 꿈을 꾸면서 모든 것을 거기에 들이붓고 있었으니 그럴 돈이 있을 리 없었다.

그럴 때 시나리오학교에 들어간 건 무척 잘한 일이었다. 수강료만 내면 누구나 들어갈 수 있지만 드라마나 연극을 좋아하고 그것에 대해 얘기하고 직접 써보고 싶은 사람들이 모이는 곳이니까. 나는 마치 이국땅에서 고국 사람을 만난 것처럼 기뻤다.

그곳에서 사귄 사람들 중에서도 특히 다에코와 준코는 내 소중한 친구가 됐다. 준코는 드라마를 잘 썼다. 조금 냉소적인 면이 있긴 하지만 세련되고 머리도 좋고 아담하니 예뻤다.

다에코는 묵직하니 체격이 큰데 말수가 적고 차분했다. 시청에 근무하는 수수한 직장인이지만 책을 많이 읽은 인텔리여서 작품 비평 시간에는 침착하게 꼭 필요한 얘기만 했다. 촌스럽게 머리를 질끈 묶은 채 유유히 담배 피우는 모습을 보면 참으로 '누님'(유지가 붙인 별명이지만)이라는 별명이 잘 어울린다는 느낌이 들었다.

나는 '누님'과 준코를 소중한 친구로 생각했다. 우리는 취향도 비슷하고 대화도 잘 통해서 모이면 즐거웠다.

그리고 세 사람 모두 유지에게 관심을 갖고 있었다.

"욕조 안에서 방귀 뀐 것 같은 아이야."

준코가 신랄하게 말한다. 준코는 대개 천한 말을 뱉으며 재미있어하는, 위악 취미의 미인이다.

"둥둥 떠다녀서 종잡을 수가 없어."

준코가 말하자,

"게다가 멋쟁이고" 하고 다에코가 담배를 피우며 웃더니,

"거울 앞에만 서면 눈빛이 진지해져" 했다.

"셔츠 단추도 늘 풀어놓잖아. 전에도 그 녀석이 거울 앞에 서서 두번째까지 풀지 세번째까지 풀지 열심히 연구하는 걸 봤어. 아무도 안 보는 줄 알고 얼굴을 오른쪽으로 돌렸다 왼쪽으로 돌렸다 앞머리를 내렸다 올렸다 하더라고."

준코의 말에 우리는 절로 웃음이 나왔다. 어느새 우리가 '그 녀석'이라고 하면 그건 유지를 가리키는 말이 됐다.

우리는 나란히 텔레비전반으로 갔는데 유지도 그 반으로 들어왔다. "누님들 뒤를 쫓아"라고 했지만 작품 비평 시간에 다에코 등에게 칭찬을 들은 것이 기뻐서 그랬는지 모른다.

다에코는 비교적 친절하게 유지의 작품을 평했고 준코도 비방하지는 않았다. 나만 그를 우습게 봤다. 나는 그의 작품을 읽고,

"현실에 뿌리내리고 있지 않다. 머릿속에서 만들어낸 것에 지

나지 않는다. 이런 드라마는 아무도 안 본다"라며 노골적으로 혹평했고 유지는 몹시 분개했다. 그는 화를 억누르며 웃어 보였으나 곧바로,

"아, 그러는 센다 씨의 작품 테마야말로 시대에 맞지 않아. 낡았어" 하고 공격해왔다.

나는 작품의 평가야 어떻든 자신이 들은 말을 고대로 되갚으려 드는 유지한테 질색했다.

어쨌든 넷은 어디를 가나 함께였고 시나리오학교뿐만 아니라 전시회에 가거나 강의가 끝난 후에 밥을 먹으러 갈 때도 함께였다.

유지 한 사람이 더해지자 여자 셋이 있던 그룹에 활기가 넘쳤다. 멋쟁이에 종잡을 수 없는 유지지만 엉덩이가 가벼워서 우리가 시키는 걸 잘 해줬다.

게다가 눈에 띌 정도로 잘생긴 남자를 데리고 다니는 건 기분좋은 일이었다. 유지는 오래 사귄 사람보다 처음 보는 사람에게 더 친근하게 구는 남자였고 언제 어디서나 사람들에게 좋은 인상을 주었다. 그래서 유지를 데리고 식당이나 술집에 가면 사람들의 시선이 모였고 그 바람에 우리도 함께 화사해졌다. 유지는 다에코에게는 어리광을 피우고 준코와는 시시덕거리면서 가끔 말다툼도 벌였다. 물론 싸우는 건 아니었고 다에코도 준코도 모두 유지를 편하게 대했다. 그와 얘기할 때 다에코와 준코의 얼굴

은 불이 켜진 것같이 환해졌고, 눈썹이 짙고 검은 눈동자에 생기가 넘치는 유지의 얼굴에도 애교가 넘쳤다.

'저 녀석, 자기를 좋아하는 사람 앞에서는 훨씬 더 까불어' 하고 나는 생각했다.

나는 아무 말 않고 심술궂게 유지를 관찰했다.

'저 녀석, 두 사람에게 귀여움 받는다고 생각하고 있어.'

어느 겨울 저녁, 회사로 전화가 걸려왔다. 뜻밖에도 유지였다. 이번에 제출할 작품을 봐줬으면 좋겠다고 했다. 나는 열이 좀 있고 컨디션도 별로여서 다음번 모임에서 만나자고 했지만,

"그게 뭐냐면, 아무래도 오늘 봐줬으면 해. 평 좀 해줘" 하며 유지는 물러서지 않았다.

나는 할 수 없이, 뭐 이렇게 제멋대로냐 하고 생각하면서 매우 못마땅한 기분으로 나갔다.

유지는 작은 식당에서 기다리고 있었다. 빨간색 격자무늬 테이블보가 덮인, 구석의 어두컴컴한 자리였다. 나는 무뚝뚝한 표정으로 앉았다.

"내가 살게. 뭐 먹을래?"

유지는 내 눈치를 보며 말했고 나는 음식을 주문했다. 그는 종이봉투에서 머뭇머뭇 원고지를 꺼냈다. 나는 대충 읽고 그의 손에 돌려주면서,

"중간부터 무너졌어" 하고 노골적으로 평가했다.

스튜가 나왔고 나는 재빨리 끌어당겨 먹으면서 다시 거침없이 말했다.

구성은 엉성하고 캐릭터는 상투적이고……

너무도 조용히 듣고 있길래,

"서로 공부하는 입장에 이러는 거 주제넘은 건지도 모르겠어. 아무튼 대놓고 비평해서 미안해" 하고 나는 유지가 조금 불쌍해져서 말했다.

"아, 아냐. 그런 거…… 내가 왜 센다 씨한테 억지까지 부리며 만나자고 했겠어. 다 센다 씨의 안목을 믿기 때문이야."

유지는 얌전하게 말했다. 그는 아이나 먹을 법한 오므라이스를 먹고 있었다.

"센다 씨는 실력이 있어…… 난 정말로 존경해. 머지않아 분명 대성할 거라고 생각해. 센다 씨가 가장 잘될 거야."

"무슨 그런 말을……"

나는 생각지도 않던 말을 듣고 어쩔 줄을 몰랐다. 나는 어떤 때는 스스로의 능력에 대해 한없이 실망했고 또 어떤 때는 돌연 과대한 자신감에 넘쳤다. 그 양극단을 굉장한 속도로 오가곤 했다.

"게다가 자신의 실력을 모르는 채 늘 열심히 하잖아. 부러워. 한 가지 일에 몰두한 채 곁눈질하지 않고 나아가는 모습이 보기 좋아."

"그만해. 갑자기 별소릴 다 한다."

"센다 씨는 늘 이렇게 건성으로 듣잖아. 똑똑하고 실력 있고 훌륭한 감각을 가졌으면서도 한편으로는 뭔가 현실에 살지 않는 것 같은, 뭐 하나가 빠진 것 같은 데가 있어."

이 말에 나는 입을 다물었다. 듣고보니 그런 것 같기도 했다.

"그런 점이 무척 끌려."

유지는 커피를 마시며 말했다.

"'누님'하고 준코 씨는 너무 똑똑하고 지나치게 현실적이야. 그렇게 빈틈없는 사람들이 좋은 작품을 쓸 수 있을 리 없어."

나는 아무 말도 할 수 없었다.

나도 예전부터 그렇게 생각하고 있었기 때문이다. 그 분석은 다에코와 준코에 대한 친근감하고는 별개의 것이다.

"뭐, 나야 '누님'이나 준코 씨보다도 훨씬 하수니까 애초에 제대로 된 작품을 기대할 수 없지만, 그래도 센다 씨한테 한번 찰싹 하고 호된 평가를 듣고 싶었어."

그는 원고가 든 종이봉투를 옆구리에 꼈다.

나는 이제 와서 그에게 너무 거침없이 솔직한 평을 한 것이 후회가 됐다.

하지만 나는 솔직한 말밖에 못 하는 여자다.

"잘 알아. 난 그 솔직한 점이 존경스러우니까. 혹시라도 좋은 평을 해주지 않을까 자만심으로 설레면서 읽어달라고 한 거야. 아, 하지만 신경쓰지 않아도 돼."

유지는 장난스러운 눈빛으로 이를 드러내고 웃었다.

"조금 전같이 두번 다시 일어설 수 없을 것 같은 평을 듣는다 해도 난 아무렇지 않게 다음번 모임에 이대로 가지고 갈 거야. 센다 씨는 그렇게 말했지만 어쩌면 세기의 대걸작일지도 몰라 하면서. 그렇게 스스로 자신하지 못하면 누가 걸작을 쓸 수 있겠어. 안 그래?"

"응, 맞아."

내가 말했고, 우리는 소리를 모아 웃어버렸다.

"아, 그 웃는 얼굴, 천진난만해서 좋아. 센다 씨는 자신의 실력도 모르지만 자신의 매력도 몰라."

나는 그런 것에 대해서는 생각해본 적이 없었다. 나는 좋은 드라마를 쓰고 싶다. 드라마에 적합한 테마나 힌트를 찾고 싶다. 인간에 대해 쓰는 작가가 되고 싶다. 그런 생각만 하고 살았으니까.

"센다 씨의 매력은 바로 거기서 나오는 거야. 지상의 일은 눈에 들어오지 않는 거지. 꼭대기만 바라보고 있어" 하며 유지는 느닷없이 내 손을 잡았다.

"나 전부터 센다 씨 좋아했어. 몰랐어?"

그러자 내 앞에서 얇은 안개 같은 장막이 걷히고 뭔가가 또렷해지는 것 같았다. 나도 유지를 좋아했던 것이다. 그를 좋아했기 때문에 그가 멋부리는 것이 신경쓰였고 그가 다른 여자들과 재있게 노는 것을 심술궂은 눈으로 관찰했던 것이다.

그를 들뜨게 하는 여자들이나 옷매무새를 가다듬고 멋부리게 만드는 여자들에게 나는 질투를 느꼈던 것이다.

그의 늘씬한 몸과 생기 넘치는 검은 눈동자에 나는 시선이 흔들리고 황홀했던 것이다.

훨씬 전부터 알고 있었지만 마음속 깊은 데다 묻어버렸기 때문에 몰랐던 것이다.

"오늘은 꼭 만나고 싶었어. 습작 평해달라고 한 건 핑계였어. 안 그러면 만나주지 않았을 거잖아. 센다 씨 옆에는 늘 '누님'과 준코 씨가 있고. 저기, 약속해줘."

"뭘?"

내 목소리가 갈라져 나왔다.

"이제부터는 늘 단둘이서 만날 것. 시끄러울 테니까 다른 사람들한테는 당분간 말하지 말 것."

유지가 내 손을 꽉 쥐었는데 힘이 무척 셌다. 나는 취한 것 같았다.

밥값은 유지가 냈다. 그리고 그것은 그 녀석이 나를 위해 한 처음이자 마지막 지출이었다.

유지와 데이트할 때마다 내가 돈을 냈다. 그러느라 푼푼이 모은 저금을 허망할 정도로 빨리 헐어버렸다.

불경기라 유지는 회사를 그만둘 수밖에 없었고 취직이 될 때까지 내 방에서 살았다. 나는 작가 공부도 중단하고 야간에는 병원에서 보험사무 일을 했다.

결혼한 거나 다름없다고 생각했기 때문에 조금도 고생스럽지 않았다. 나는 유지의 변함없이 아름답고 생기 있는 행동과 매력을 즐겼다. 멋부리는 모습도 귀여워 보였다. 나는 넝마를 입더라도 유지에게는 좋은 옷을 입혀 기분좋게 해주고 싶었다. 나는 유지에게 용돈을 줘가며 그를 부양하기 위해 뼈가 빠지도록 일했다.

"적당히 좀 해. 여자까지 있는 모양이야, 그 녀석. 아직도 정신 못 차리겠어?"

어느 날 준코가 말했다.

"그런 녀석을 타고난 빈대라고 하는 거야. 빨리 내쫓아버려."

또다시 내 눈에서 휘리릭 장막이 걷히는 기분이 들었다. 앗, 그런 걸 빈대라고 하는 거구나.

하지만 나는 유지를 부양하면서 불만스럽던 적은 없었다. 그 녀석은 다정했고 내 눈에는 매력적이었고 또 매력적으로 보이도록 열심히 멋을 부렸다. 내게 "당신은 천재야. 당신은 실력이 있어. 당신은 천진하고 매력 있는 사람이야"라고 부드럽게 말하면서 미소를 아끼지 않았다. 나는 행복했다. 그러나 준코의 말을 듣고 갑자기 불행해졌다. 그러다가 드디어 어느 날,

"가끔씩은 돈을 벌어와!"라고 소리치게 됐다.

그로부터 한 달쯤 지나 그 녀석은 집을 나갔다. 게임방에 간다며 나갔는데, 나중에 보니 짐을 다 싸가지고 나간 것이었다.

지금은 뭘 하며 지낼까. 요즘 가끔씩 텔레비전에 각색자로 등장하기 시작한 내 이름을 그는 봤을까?

청년 질과 안느 공주처럼 나와 그 녀석은 그곳에서 돌이 됐다. 눈에서 눈곱이 떨어진 것처럼 나는 돌연 깨달았다. 그 녀석과 살았던 그때가 행복했었다는 것을. 세속의 바람이 불어들어와 그 행복이 돌이 됐다는 것을. 오 년이 지나서야 겨우 알게 됐다.

너무 늦은 거야?

지금 와서 생각하면 나는 남녀의 차이에 대해 너무 무지했던
것 같다.

　나는 여자고 그는 남자라는 사실을 잊고 내가 이러니까 그도
이럴 거라고 굳게 믿었다.

　아니, 그런 사실을 무시해도 좋을 만큼 그와 밀착해 있다고 생
각했다. 남자와 여자로 나눌 수 없는 일심동체라고 굳게 믿었다.

　그건 아닌데……

　일심동체라도 남편은 남자고 아내는 여자인 것을.

　나는 그 사실을 아주 나중에야 겨우 알았다. 예를 들어 나는
회사 일로 출장을 가게 됐을 때 그를 위해 이런 식으로 메모를
남겼다.

난에 물 줘야 함.

냉장고에 고기 있으니 볶아 먹을 것.

샐러드는 아래 칸.

밥솥에 든 밥은 방금 한 거니까 내일 아침까지 괜찮음.

아, 가고 싶지 않지만 다녀올게.

안녕.

맨 밑에는 내 얼굴(실물보다 조금 더 귀엽게)을 사인 대신 그려놓은 다음 식탁이나 냉장고에 붙여뒀다. 하지만 이런 메모에 대한 느낌이나 그것이 미치는 효과는 남자와 여자가 크게 달랐다.

여자는 '물건'에 집착하기 때문에 만약 남자가 그런 메모를 써놓으면,

'후후……' 하고 웃으며 읽고 살짝 키스할 수도 있고, 그 짧은 메모에서 남자의 애정을 느끼고 다이어리에 책갈피처럼 끼워놓을 수도 있다.

그리고 메모에 적힌 대로 냉장고에서 고기를 꺼내 볶고 샐러드와 함께 먹으면서 남자가 없어도 쓸쓸해하지 않고 지낼지 모른다.

여자란 복잡한 것 같으면서도 단순하고 충실한 법이니까……

하지만 남자는 다르다.

집에 돌아와서 여자가 남긴 메모를 보면(여자가 출장 때문에 집을 비운다는 걸 미리 알았으면서도) 괜히 부루퉁해져 뒤돌아 나가 술집에서 진탕 마신다.

그런 것이다.

뒤돌아 나가지 않더라도 집에서 술을 마시고 라면을 입속에 밀어넣은 뒤에 잠이 든다.

출장에서 돌아온 내가 발견한 것은 부엌 바닥에 뒹구는 내 메모, 냉장고 안에 손도 대지 않은 채로 상해버린 샐러드와 포장도 뜯지 않은 고기였다.

"왜 안 먹었어?" 하자 도오루는 머뭇거리면서,

"혼자서 어떻게 먹어, 처량하게" 했다.

"문제네. 전에는 혼자서도 척척 잘 해먹었잖아……"

나는 그러고서 일장 연설을 했다. 자신의 일을 스스로 못 하는 젊은 남자가 많아졌는데 그건 엄마가 애지중지 과잉보호를 한 탓이니까 앞으로는 남자를 교육하기보다 예비 엄마들을 교육해야 한다는 여성잡지 기사 같은 설교.

도오루는 담배를 피우며 잠자코 듣고 있었기 때문에 나는 내 의견에 동의한다고 생각해 의기양양했다.

"그러니까 당신도 게으름 피우지 말고 앞으로는 바지런히 스스로 하는 버릇 좀 들여. 중년 남자는 어쩔 수 없겠지만 당신은 젊잖아."

"젊든 중년이든."

도오루가 말을 꺼냈다.

"혼자서 밥을 차려 먹는 건 외로워…… 독신이라면 그런 거구나 하지만 결혼해서까지 자기 밥을 자기가 차리는 건 외롭다고."

"외로움쟁이."

"정말이라니까. 아니라고 생각하면 한번 해봐."

나는 도오루가 '외로워 외로워' 하는 것이 싫지만은 않았다.

외롭다는 말을 듣고 당황해서,

'불쌍해라…… 외롭지 않게 해줘야지' 하고 애간장을 녹였던 적도 없었다. 그러기는커녕,

"다다음주에 또 이삼 일 출장이야. 가능하면 일요일은 피하겠지만" 하고 말했다.

"또 가?"

도오루가 깜짝 놀라면,

"어쩔 수 없어" 하고 그의 힐난을 봉쇄하듯 고자세로 말했다. 나는 그 대신 집에 있을 때는 최고로 잘하는 아내이고 연인이라고 자부하고 있었다.

청소 잘하지 요리 잘하지 엉뚱한 이야기로 가끔 웃겨주지(업무상의 내밀한 이야기 같은 것으로) 스웨터도 짜주고 술상대도 해준다.

그런 것들에 충실한 시간, 그 충실도가 높았기 때문에 회사 일

로 일주일에 하루이틀 집을 비운다 해도 보상이 될 거라고 믿었다. 그러나 도오루는 내가 집에 있으면서 아내답고 세상의 흔한 여자다운 일상을 보내고 있을 때에만 기뻐하는 듯했다.

나는 바지런히 집안일을 한 다음에는,

'자, 이만큼 해놓았으니까 이제 일하러 나갈 수 있겠구나' 하는 식으로 뭔가를 충전해놓은 것 같은 기분이 들었다.

그러나 그건 여자의 생각이었다.

남자는 충전해서 비축하는 일이 없다.

일 년을 함께 있어도 하루 떨어져 있으면 백지상태로 돌아가버리는, 그런 묘하게 제멋대로인 존재가 남자다.

하지만 그 시절의 나는 남녀의 차이를 깨닫지 못하고 내 쪽에서(여자의 생각만으로) 도오루를 컨트롤하려고 했었다.

'조금 불편할지는 모르겠지만, 평소에 열심히 봉사하잖아.'

오만이 아니었다. 나는 무지했을 뿐이다.

나는 출판사에 다닌다.

오사카에는 출판사가 드물다.

작지만 비교적 탄탄한, (오사카에서는 드물게) 이익을 내고 있는 출판사다.

그 대신 직원들은 다른 출판사 직원들보다 두 배 세 배로 일한다.

나는 일이 재미있다. 남들에게 유능하다는 말을 듣고 나 스스로도 그렇다고 여기며 일을 좇다보니 순식간에 스물일곱이 되어 있었다.

친구 소개로 도오루를 만났을 때도 결혼 같은 건 염두에 없었다. 도오루와 있으면 마음이 편하고 즐거워서 좋았을 뿐이다.

커피숍에서 만난 어느 날, 나는 신문을 읽는 도오루 옆에 앉으며,

"아, 힘들어" 했다('기다리게 해서 미안해'도 아니고, '안녕'도 아닌).

나는 늘 한계까지 체력을 소비하며 일하기 때문에 힘껏 잡아당겼던 활을 놓은 것처럼 일에서 해방되는 순간 한꺼번에 피로가 몰려온다.

그럴 때 여유롭고 부드러운 도오루의 얼굴을 바라보면 심신이 편안해졌다.

"늘 '아, 힘들어'야. 조금쯤 여성스러운 말은 못 해?"

도오루가 빙글빙글 웃으며 말했다.

피곤해도 도오루를 상대로 두서없이 세상 얘기를 하다보면 점점 기운을 되찾아,

"자, 갈까?" 하고 기운차게 일어나 술 마시러 가든가 밥 먹으러 가든가 영화 보러 가든가 하게 됐다.

도오루는 그런 나를 보고,

"점점 기운이 나는 것이 눈에 보여서 재미있어" 하며 신기해했다.

눈에 생기가 돌아오고 피부에 빛이 나고 들뜬 목소리를 내게 되는 것이다.

"원래 당신 모습이 그래. 늘 그러면 좋겠는데 일을 너무 많이 해."

도오루가 충고했다.

"좀 덜 바쁜 부서로 옮기면 안 돼? 그러다간 건강까지 해칠 거야."

"일손이 부족한 걸 어떡해…… 어쩔 수 없어."

"몸이 버티질 못하잖아. 힘들다고 하고 옮겨달라고 해."

하지만 사실 나는 이 일을 마지못해서가 아니라 재미있어서 한다. 제대로 일하려고 들면 안 해도 되는 고생까지 하게 된다. 그래도 나는 그렇게 일하는 것이 즐겁다.

그때의 나는 시간만 때우자는 식으로 일하는 직장인들을 정말 경멸했다.

"안 돼, 내 일을 대신 할 사람이 없어."

나는 웃으며 덧붙였다.

"내가 부려먹기 좋은 타입인가봐. 결혼이라도 하면 혹시 사정을 봐줄지 모르지만."

"그럼 우리 결혼할까?"

도오루가 그렇게 말했을 때 나는,

"하지만 결혼하더니 풀어졌다는 말 듣기 싫어서 더 악착같이 일할지도 몰라" 하고 웃었다. 설마 정말로 결혼할 거라고는 생각하지 않았으니까.

"일이 인생의 전부는 아니야."

도오루는 그렇게 말하더니,

"즐겁게 일하는 여자를 바라보는 것도 나쁘진 않지만, 세상에 일보다 더 재미있는 게 있을지 모른다는 생각은 안 해봤어?" 했다.

나는 그런 생각을 해본 적이 없었지만 그날 이후 때때로 이 말을 떠올렸다.

점심시간에 도오루가 전화를 걸어서,

"오늘밤 한잔하러 갈까? 여섯시? 또 늦겠지. 여섯시 반으로 할까? 시간 맞춰 와. 나 안 기다릴 거야" 하면, 나는 탄력을 받은 듯 오후에는 일에 더 몰두했다.

이 즐거움은 도오루와 만날 수 있다는 기대 때문이겠지?

그렇게 생각하게 됐다. 일 이외의 즐거움이란 이것이 아닐까. 그리고 '이것'이란 바로 연애가 아닐까싶었다.

그런 생각에 더 힘이 솟아 지쳐 나가떨어질 때까지 일하고는,

"아, 힘들어" 하면서 도오루 앞에 앉는 것이었다. 그러면 도오루는,

"그래도 요전번보다는 안색이 좋은데" 같은 내가 기운 차릴 만한 말을 해줬다.

도오루의 회사도 바쁘다고는 하지만 근무시간이 일정했고 토요일 일요일은 모두 쉬었다. 일요일도 제대로 쉴 수 없는 우리 출판사의 사정은 아무리 설명해도 이해하지 못하는 것 같았다.

"큰 출판사라면 물론 다르겠지만…… 작은 출판사니까 모두가 열심히 일해야 돼."

"노조는 대체 뭘 하는데?"

"그런 거 아무도 생각 안 해."

그런데도 내가 도오루와 결혼하기로 한 건 어리광 피우고 싶었기 때문이다. "아, 힘들어" 하고 앉으면,

"피곤해?" 하고 커피에 설탕을 넣어주거나, 나를 기운 차리게 해주는 눈에 보이지 않는 따뜻한 마음 씀씀이를 기대했기 때문이다.

물론 결혼해서도 일은 계속하겠다고 했다.

도오루도 그러라고 했다.

내가 결혼한다고 하자,

"결혼한다고?" 하며 나카지마 차장은 실망한 얼굴을 했다.

"역시 하고 싶어? 아사 씨같이 일 잘하는 여자가 결혼한다니 아쉽네."

"무슨 말씀이세요? 축하해주실 거라 생각했는데……"

나는 의외였다.

"거참, 결혼 같은 건 누구라도 할 수 있지만 아사 씨처럼 일을 잘하는 건 아무 여자나 할 수 있는 게 아니거든. 뭐 어쩔 수 없지만."

"결혼해도 일은 할 거예요."

"당연하지. 결혼했다고 집에 가둬두는 남자라면 남편으로 삼지 마!"

나카지마 차장은 내가 입사했을 때 업무를 기초부터 가르쳐준 사람이다.

결혼식 당일에도 나는 예식 직전까지 일했다. 그러다가 회사 앞에서 택시를 잡아타고 결혼식장으로 달려가 엄마와 친척 아주머니들에게 호되게 야단맞아가면서 신부 대기실로 뛰어들었다. 웨딩드레스를 미리 빌려놔서 몸만 가면 됐지만, 어쨌든 신부가 예복 차려입는 걸 가장 뒷전에 둔 셈이 되고 말았다.

나는 신부 입장을 할 때도 마음이 바빠서 뛰고 싶을 정도였다. 그래서 피로연에서 도오루와 나란히 앉았을 때 나도 모르게 나온 말이,

"아, 힘들어……"였다.

그러나 나는 그 말을 만족의 의미를 담아 발음했었다. 가능성의 한계를 시험하며 최선을 다해 인생을 살고 있다는 생각에 뿌듯했다.

결혼과 일을 한 바구니에 빈틈없이 채워놓는 것이 충실한 삶이며, 나는 둘 다 전력투구하며 잘해낼 수 있다고 생각했다.

검은색 예복을 차려입은 도오루는 나만이 알아볼 수 있는 미소를 희미하게 떠올리며,

"힘들었어?" 하고 위로해줬다.

나는 그런 따뜻한 위로가 필요해서 결혼했기에,

"응!" 하고 응석을 부렸다.

나는 그의 따뜻한 위로가 결혼 후에도 쭉 퍼부어질 거라고 생각했다. '힘들었어?'라든가 '그러다 몸 상해'라든가 '그래도 요전 번보다 안색이 좋은데' 같은 포근한 위로가 샤워기의 물줄기처럼 담뿍 쏟아져내릴 거라고 생각했다.

도오루는 착한 남자다.

그건 틀림없지만, 남자는 결혼하면 변하는 법이다. 나는 그것도 몰랐다.

냉장고에 붙여놓는 메모가 많아지면서 나는 내 얼굴을 그리는 일에 익숙해져 얼굴 그림을 마치 사인처럼 남발했다.

그것들이 수없이 떨어져 있었다. 부엌 바닥, 식탁 밑, 찬장 앞에.

나중에는 도오루가 내 메모를 읽는지 안 읽는지도 알 수 없게 됐다.

집에 돌아오는 시간이 엇갈리는 일이 많아졌다. 도오루는 거

의 같은 시간에 돌아오니까 엇갈리는 건 나 때문이다. 함께 있는 시간이 줄어든 것은 내가 여행서를 담당하게 되면서 출장이 잦아졌기 때문이다.

가끔 집에 일찍 갈 수 있겠다 싶은 날이면 나는 신이 나서 도오루에게 전화해 어디든 가자고 했다.

"어쩌다 일찍 오는 거잖아. 이왕이면 집에서 먹자. 아사가 직접 요리해서."

도오루도 들떠서 말했다.

"오랜만이잖아. 모처럼 이런 저녁에 외식 같은 거 하고 싶지 않아."

"그래, 여섯시에 퇴근해서 밥해놓을게."

단둘이 있고 싶다고 하는 도오루의 말이 나를 기쁘게 했다.

그런데 그날도 오후에 갑자기 해야 할 일이 생겼다. 꽤 요령이 생긴 나는 말을 잘해서 꼭 그날 해야 하는 일만 부리나케 처리하고 나머지는 다음날로 미뤘다. 손목시계를 보며, 가슴 두근거리며……

'이럴 줄 알았으면 미리 전화하지 말걸.'

나는 후회했다. 괜스레 기대를 갖게 했으니 도오루가 화를 낼 것이 당연했다. 나는 일이 끝나자마자 회사에서 뛰어나왔다. 역에 도착했을 때는 이미 집에 있어야 할 시간이었다. 집까지는 교외전철로 사십 분은 걸린다.

나는 왜 도오루에게 전화를 걸어 집에 빨리 갈 수 있다고 말했
는지 생각해봤다. 나는 도오루의 기분좋은 목소리를 듣고 싶었
다. 그를 기쁘게 해주고 싶었다. 그래서 그랬다.

그가 집에 돌아왔을 때 불이 켜져 있고 내가 부엌에 있고 식탁
에는 김이 나는 식사가 준비돼 있고 텔레비전 소리가 들리게 하
고 싶었다. 그럴 때 도오루의 기뻐하는 얼굴을 나는 보고 싶었
다. 그 기쁨을 함께 나누고 싶었다. 그 기쁨을 예고해 더 강한 기
쁨으로 만들고 싶었다……

그러나 집에 돌아와보니 도오루는 없었다.

아직 돌아오지 않은 것이 아니라 이미 돌아와 나를 기다리다
가(얼마나 기다렸는지는 알 수 없지만) 시간이 꽤 지나도 내가
돌아오지 않자 나가버린 것이었다.

옷은 깔끔하게 옷걸이에 걸려 있었다(도오루는 주변을 깔끔하
게 정리하는 사람이라서 맞벌이하는 내게는 꽤 도움이 된다). 그
는 평상복인 코르덴 재킷을 입고 나간 모양이었다.

'담배 사러 나갔나?'

'역 앞으로 한잔하러 갔나?'

나는 한동안 멍하니 앉아 기다렸다. 장마철 추위가 몰아친 밤
이라서 6월인데도 믿을 수 없을 정도로 쌀쌀했다.

'레인코트도 안 입고 나갔어……'

나도 모르는 사이에 도오루 생각만 하고 있었다.

이십 분쯤 기다리다가 마음먹고 밖으로 나섰다. 나는 도오루가 자주 간다는 꼬치구이집에 따라가본 적이 있었다.

버스를 타면 금방이지만 걸어도 십오 분 거리라서 우산을 쓰고 빗속을 걸었다. 혹시 거기 있다면…… 함께 먹고 마신 뒤에 돌아올 수 있을 테니 도오루의 기분도 나아질 것이고 도리어 즐거운 밤이 되겠지. 나는 염치없다고 생각하면서도 그런 공상을 했다. 결혼하고 얼마 안 됐을 때, 내가 늘 그렇듯 숨이 차서 집에 돌아왔는데 그는 퇴근했던 흔적을 남긴 채 나가고 없었다. 식사 준비를 하고 있는데 도오루에게 전화가 걸려왔다.

"나와. 꼬치구이집에서 한잔하고 있어."

"지금 밥하는데?"

"그냥 하지 마. 내가 한턱낼게."

그래서 달려가보니 그의 얼굴은 이미 적당히 발그레해 있었다. 그는 내게 앉으라고 권하더니 술을 따라주면서,

"집에 들어갔을 때 캄캄하면 외로워. 에잇 하고 돌아서서 여기로 왔어. 혼자 마시려니까 또 외롭잖아. 그래, 아직도 안 돌아왔으면 따끔한 맛을 보여줘야지 하고 전화한 거야!" 했다.

"다행이다! 간발의 차로 들어왔었어!"

우리는 즐겁게 마시고 노래를 부르며 밤길을 걸어 돌아왔다. 도중에 골목 모퉁이 집 창문이 덜컹 열리더니,

"한밤중이야! 조용히 해야지!" 하고 누군가 야단을 쳤고 도오

루와 나는,

"죄송합니다" 하고 얼른 사과했었다······

그 추억은 참으로 멀어져버렸구나. 하지만 혹시 지금도 그때처럼 도오루가 그 가게에 있어준다면 단번에 상황을 호전시킬 수 있을 텐데 하고 나는 필사적으로 걸어갔다.

꼬치구이집에 도오루는 없었다.

옆의 식당에도, 초밥집에도······ 유리문 밖에서 안을 들여다봤지만 그는 없었다.

빗속을 우왕좌왕하며 찾아다니는 내 꼴이 너무 비참하다는 생각이 들기 시작했다.

어쩌면 나와 엇갈려서 집에 돌아간 게 아닐까?

그렇게 생각하고 서둘러 다시 흙탕물을 튀겨가며 집으로 돌아왔다.

집에도 없었다. 나는 식욕이 없어 만들어놓은 음식에는 손도 대지 않고 멍하니 있었다.

도오루는 열한시쯤 돌아왔다.

지독하게 취해 있었다.

"어디 갔었어?"

물어봐도 대답이 없었다. 제대로 서 있을 수도 없을 정도로 취한 그가 주머니 속 물건들을 꺼내 테이블에 늘어놓고는 옷을 벗고 그대로 바닥에 쭈그려앉았다. 괴로워 보였다.

"무슨 술을 그렇게 마셨어……"

내가 말하자,

"집에 와봤자 아무도 없는데 술도 안 마시고 뭘 하라고" 하고 도오루는 조용히 말했다.

도오루가 화를 내지 않는 것이 무서웠다. 나는 열심히 내 사정을 설명했다. 얼마나 초조하게 일을 마무리지었는지, 집에 돌아와 기다리다가 서둘러 찾으러 나갔던 것도…… 그러니까 결국 나는 계속 도오루 생각만 하고 있었는데.

"그럴 거면 전화 같은 거 안 했으면 좋았잖아!"

도오루는 그렇게 말하고는 입을 다물어버렸다.

잘못은 모두 나한테 있다는 생각이 들었다.

도오루가 집도 물건도 다 내게 양보하겠다고 하고 나간 건 여름이 지나 추워진 뒤였다.

나는 헤어지기가 싫어 호적을 그대로 뒀다.

어느 날 회사에 낯선 여자가 찾아왔다. 그녀가 온다는 것은 도오루가 미리 전화로 알려줬다.

"굳이 꼭 만나겠다고 해서. 한번 만나줘."

"왜? 무슨 일인데?"

그렇게 물었지만 대충 알 것 같았다.

"당신도 같이 와?"

"나는 안 가. 그 사람이 혼자 가겠다고 하니까."

나는 도오루가 '그 사람'이라고 할 때의 부드러운 말투에 마음이 아팠다. 그건 이미 분노라기보다 슬픔이었다.

"요즘도 여전히 바빠서 몇시에 퇴근할 수 있을지 몰라……"

"점심시간이라도 괜찮아."

그래서 그녀는 점심시간에 찾아왔다.

작고 가냘픈 몸매, 겁먹은 것 같은 눈매를 지닌 스물예닐곱쯤 되어 보이는 여자였다. 내가 안내 데스크로 가자 그 여자가 나를 쳐다보며 어색한 미소를 지었다.

'이 여자가 도오루가 좋아하는 사람이구나.'

나는 생각했다.

다음 순간 내 입에서 나온 말은,

"날씨 춥죠, 요즘……" 하는, 베테랑 직장인다운 세상 물정에 익숙한 인사였다.

"그러네요."

여자는 마음이 놓인 듯 대답했다.

'분명 이 여자는 아기를 가졌을 거야. 그래서 내게 이혼해달라고 부탁하러 온 거야.'

나는 그렇게 생각하면서도,

"점심 아직이죠? 괜찮다면 이 옆 빌딩에 괜찮은 무시즈시*집이 있는데 어때요?" 하고 상냥하게 말했다.

그녀는 기가 꺾인 듯이,

"네" 하고 어색하게 대답하고 따라왔다.

몹시 추운 날이었다. 나는 그녀를 안내하면서 나카지마 차장이 기뻐하겠구나 하고 생각했다. 일을 택했다고 말하게 될 테니까.

그러면서 정반대의 상황도 그려보았다. 도오루에게 '헤어지지 않을 거야. 헤어지고 싶지 않아' 하고 울며 매달려보면 어떨까. '다시 한번 기회를 줘. 당장 회사도 그만둘게. 일 안 할게……' 라고.

'늦었어? 너무 늦은 거야?'라고.

'내겐 당신이 필요해. 그걸 모르겠어?'라고.

나는 멈춰 서서 눈을 비볐다.

"먼지가 심하네."

"네. 그러네요."

돌아보니 여자도 멈춰 서서 눈을 비비고 있었다. 눈을 뜰 수 없을 만큼 강한 바람이 모래 먼지를 날리고 있었지만 내가 눈을 비빈 것은 그것 때문만은 아니었다.

---

* 양념한 표고버섯, 박고지를 섞은 초밥용 밥에 새우, 붕장어, 밤 등을 얹어 찐 음식.

개양귀비 사랑

이모네 집 마당에는 초여름부터 빨간 개양귀비* 꽃이 가득 피었다. 나는 이 꽃을 아주 좋아해서 그 계절에 놀러가면 늘 많이 꺾어가지고 돌아왔다.

"손질도 안 하는데 잘도 피어" 하며 이모는 웃었다.

개양귀비 꽃은 하얀 철망 담을 따라 무리를 지어 피었다. 줄기에도 꽃받침에도 거친 털이 험상궂게 나 있지만 톡 하고 봉오리를 터트리며 피어나는 꽃은 바람에 흔들리듯 얇고 하늘하늘한 것이 섬세하기 그지없다.

---

* 우미인초라고도 한다. 초나라 항우가 죽고 뒤따라 목숨을 끊은 연인 우미인의 무덤에서 핀 꽃이라는 이야기가 전해 내려온다.

얇디 얇은 빨간 꽃잎은 하느님의 손에 주의깊고 정성껏 말려 쭈글쭈글한 상태로 보관돼 있다가 때가 되면 채워뒀던 조용한 힘을 끌어모아서,

지금 눈을 떴어요 하듯이 '퐁' 하고 가볍게 받침을 찢고,

'화악' 하고 열리기 시작했다.

하늘하늘.

하늘하늘.

눈에 보이지 않는 하느님의 손이 쭈글쭈글한 꽃잎을 펼쳐간다. 아주 얇은데도 찢어지지 않고 모두 조용히 다 펼쳐지면 꽃은 바람에 몸을 내맡기고 한들한들 흔들린다.

그득 핀 개양귀비 꽃이 바람에 흔들리는 마당의 하얀 철망 너머로는 푸른 바다가 보인다.

나는 바다가 보이는 이모네 집이 좋았다.

"아 5월, 프랑스의 들에 불이 붙는다. 너도 우미인초 나도 우미인초."

나는 요사노 아키코*의 시를 떠올리곤 했다. 우미인초는 개양귀비를 가리킨다. 아키코는 먼저 파리로 건너간 남편 요사노 히로시의 뒤를 따라 서른네 살이던 1911년에 파리로 갔다.

이때 히로시는 서른아홉 살이었다. 아키코는 남편에 대한 그

---

* 일본의 시인.

리움을 견딜 수 없어 파리로 갔다고 내가 읽은 책에 쓰여 있었다. 그것은 아키코의 이 시로도 알 수 있을 것 같았다. 일대의 들을 뒤덮은 개양귀비 꽃의 불타오르는 색깔은 분명 아키코의 마음 그 자체이기도 했을 것이다.

그렇지 않았다면 그토록 한껏 마음을 부풀린 아름다운 사랑의 시가 나왔을 리 없지……

나는 이 시를 좋아했지만 마사히코는 아닌 모양이었다.

"글쎄…… 서른아홉과 서른넷의 부부잖아. 아이도 있었겠지."

"아이가 일곱이었던가."

"뭐! 그런 부부가 사랑의 노래 같은 걸 읊을 수 있겠어? 그건 그냥 글발이 좋은 거야. 프로 가인이었으니까."

나는 자신이 없어서 잠자코 있었다. 나는 거의 언제나 모든 일에 대해 확실하게 안다고 말할 수가 없다. 아직 스무 살도 되지 않은 나로서는 어떤 일에 대해서도 단언하기가 어렵다. 하지만…… 하지만 어쩌면…… 하는 마음이 든다.

서른아홉과 서른넷, 결혼한 지 오래됐고 아이도 일곱이나 있는 남녀이기 때문에 오히려 그렇게 사랑할 수 있는 게 아닐까. 나로서는 잘 알 수 없지만 분명 그 마음은 미움과 반발과 체념…… 그런 것들을 복잡하게 쌓은 위에 피어난 사랑이었을 것이다.

"양귀비 피었구나. 쓸쓸한 하양과 불처럼 붉은 빛깔로 나를 슬

프게 하네."

아키코는 이런 노래도 했으니까 슬픔도 함께 지닌 사람이었을지 모른다.

하지만 나는 잠자코 있었다. 대학에서 웅변 동아리 부장을 했고 지금은 변호사가 되려고 사법고시를 준비하는 마사히코를 변설로 논파할 자신이 없어서라기보다, 그 앞에만 서면 내가 말도 잘 못하는 순둥이가 돼버렸기 때문이다. 나는 마사히코 앞에서는 말수가 줄었다. 그를 좋아하지만 그와 나는 생각은 많이 다른 것 같다. 마사히코가 우습게 보는 이모부도 나는 좋아한다.

내 이모부는 마사히코의 삼촌이다.

이모와 이모부는 결혼을 하지는 않았다. 이모부에게는 부인도 아이들도 집도 있다. 그러나 벌써 십 년째 우리 이모와 살고 있다. 즉 본처를 버리고 다른 여자와 동거하는 것이다.

이모부는 본래 화가였다는데 지금은 별로 인기 없는 상업디자이너로 일하고 있다. 그래도 일은 끊이지 않는 모양이다. 이모가 이모부의 그림을 보여준 적이 있다. 아파트 조감도 같은 것도 있었는데 팸플릿에 실리는 그림 같았다. 밝고 모던한 아파트에는 베란다마다 꽃이 피어 있었고 유리문은 반짝반짝 빛났고 로비 바닥은 대리석같이 미끈했다. 흔히 볼 수 있는 그림이지만 원화로 보니 색채가 아름다웠다.

"멋진 아파트다…… 이런 데 살면 좋겠어, 이모."

나는 황홀한 듯이 말했다.

"이모부 그림 곱지 않니?"

이모는 이모부의 그림을 자랑스러워했다. 하지만 내 눈에는
개성이 없어 보였다. 팸플릿에 실리는 그림이니 너무 개성적이
거나 예술적이어도 곤란할 것이다. 건축물의 아웃라인이나 분위
기를 규정에 따라 그려야 했을 테고 결점을 숨기고 장점을 강조
하라는 상업적 요청도 반영해야 했을 것이다. 이모부는 그런 목
적에 딱 맞게 그렸다.

내가 그 그림을 보고 황홀해한 것은 예술적 감동 때문이 아니
라 이런 아파트에 마사히코와 결혼해서 살면 얼마나 좋을까 하
는 덧없는 공상에 빠졌기 때문이다.

하지만 이모는 그저 이모부의 그림만 자랑했다.

이모는 고베의 도심을 벗어난 서쪽 번화가에서 '시오리'라는
바를 운영했다. 여종업원을 한 명 두긴 했지만 금방 그만둬버리
거나 멋대로 안 나오거나 해서 애를 먹었다. 이모는 내게 고등학
교를 졸업한 뒤에 가게 일을 도와달라고 했고 나도 그러려고 생
각하고 있었는데,

"말도 안 돼" 하고 부모님이 맹렬히 반대했다.

"튀는 건 시오리 하나로 충분해!"

엄마는 분개했다.

시오리 이모는 엄마의 막냇동생인데 중학생 때부터 튀는 행동

을 일삼고 가출도 하던 문제아였다고 한다. 어린 나이에 호스티스가 되어 일가친척과 거의 연을 끊었지만 우리 엄마하고는 왕래가 있었다. 나는 이모를 좋아했다. 엄마보다 예쁘고 화려한 분위기에 몸집도 크지만, 그건 밤에 화장했을 때의 이야기다.

맨얼굴의 이모는 마치 다른 사람 같아서 피부가 푸석하고 엄마보다 더 늙어 보였다. 그런데 바에 나가려고 오후 다섯시쯤 화장한 이모를 보면 갈색 머리에 입술은 새빨갛고 뺨은 짙은 분홍색이 되고, 눈꺼풀에는 파란 아이섀도를 발라 마치 도깨비 같았다. 그런 도깨비가 바의 어두컴컴한 불빛 아래 서면 분위기가 확 바뀌어 요염하고 풍만한 미인이 되어버리니 밤의 전등빛이나 무드라는 건 신기할 따름이다.

나는 부모님에게는 비밀로 하고 '시오리'에서 딱 하루 일한 적이 있다.

"제 여동생 리에코예요."

이모는 손님들에게 나를 동생이라고 소개했다.

손님들은 젊은 샐러리맨이 30퍼센트, 중년이 70퍼센트 정도였고 카운터 자리는 열 명쯤 앉으면 다 찼다. 벽 쪽에는 짐을 놓을 수 있는 장소가 있었다.

"리에코는 마마랑 많이 닮았네. 이제야 여기 다니는 즐거움이 생겼어!"

손님 하나가 외치자,

"어머머, 그럼 지금까지는 참고 다녔어?" 하고 이모는 손님의 손등을 꼬집었다.

"리에코, 악수" 하며 손을 내미는 아저씨도 있었는데,

"안 돼, 얘는 순정파라고" 하며 매번 이모가 끼어들었다.

제법 바빠서 하룻밤이 순식간에 지나가버렸다. 나는 재미있을 것 같아 계속하고 싶었으나 그 무렵 취직이 결정된데다 부모님의 반대를 무릅쓰고까지 일할 수는 없어서 포기했다.

이모는 아쉬워하는 것 같았다.

하지만 가게에 못 가는 대신 일요일에 때때로 집으로 놀러갔다. 이 년쯤 전에 이모는 시내의 아파트를 팔고 지대가 약간 높은 곳에 있는 주택을 샀다. 개양귀비가 있는 그 집이다. 나는 가서 청소를 도와줬다.

이모는 요리는 잘하지만 정리는 서툴러서 집안이 언제나 어질러져 있었다. 그게 오히려 내 마음을 편하게 해줬지만 매번 보고 있을 수만은 없었다.

이모부는 큰 몸집에 수염을 기르고 늘 졸린 눈을 하고 다니는 온순한 남자였다. 일하는 방에 틀어박혀 있거나 그렇지 않을 때는 부엌으로 이어지는 거실의 다 망가져가는 소파에 누워 텔레비전을 보든가 술을 마셨다. 거실에서는 바다가 보였는데 소파에 앉으면 창틀이 아슬아슬하게 바다를 가려버렸다. 이모부가 쿠션을 여러 개 쌓아줬고 그 위에 앉자 바다가 보였다.

이모부는 말이 거의 없었지만 내가 말을 걸면 선선히 응대해
줬다.

개양귀비 꽃잎을 설탕과 함께 끓이면 기침약이 된다는 것도
가르쳐줬다. 개양귀비의 다른 이름이 우미인초라는 것도 나는
이모부에게 처음 들었다.

이모 부부는 사이가 좋아서 쉬는 날이면 아침부터 소파에 쿠
션을 여러 겹 쌓고 앉아 바다를 바라보며 얘기를 나눴다.

주로 이모가 얘기하고 이모부는 싱글벙글하며 들었다.

이모부는 이모의 바에 가지 않기 때문에 '시오리'에 오는 손님
을 만난 적은 없지만, 이모가 단골손님 하나하나에 대해 자세하
게 얘기해줘서 미지의 남자들이 오래전부터 알고 지낸 사람들처
럼 느껴지는 모양이었다.

"돈 씨답군" 하기도 하고,

"다케시치곤 잘했네" 하기도 했다.

그럴 때마다 이모는 춤이라도 출 것처럼 기뻐하며,

"그래! 그게 돈 씨다운 점이야!"라든가,

"맞아! 다케시치곤 잘한 거야"라고 외쳤다. 마치 부부의 친한
친구 같지만 이모부는 돈 씨나 다케시의 실물을 본 적이 없다.
그런데도 이모가 들려주는 이야기 속의 돈 씨와 다케시에 대해
십년지기인 것처럼 말했다.

이모의 '시오리'는 망하지도 않고 특별히 잘되지도 않는 상

태로 단골손님과 함께 나이를 먹으면서 십몇 년째 유지되고 있었다.

이모는 '시오리'를 소중히 생각해서 점심때가 지나면 달그락달그락하면서 음식을 만들어 하나하나 팩에 담았다. 그리고 그것들을 쇼핑백이나 바구니에 넣고 귀신 같은 화장을 하고 옷을 갈아입고 추울 때는 코트나 숄을 두르고 또각또각 발소리를 울리며 높은 지대를 내려가 버스를 타고 번화가로 나갔다.

그러고는 새벽 한시가 지나 택시를 타고 돌아왔다. 택시가 안 잡힐 때는 삼십 분이나 걸어서 돌아왔다. 술을 마셔서 계단을 올라오는 게 힘들 때는 가끔 아래서 집을 향해 돌을 던졌다. 그 돌이 마당에 툭 하고 떨어지면 안 자고 기다리던 이모부가 그 소리를 듣고 돌계단 아래까지 마중을 나오곤 했다.

"피곤해, 피곤해. 아아, 힘들어" 하고 이모가 말하면 이모부는 이모의 팔을 자기 어깨에 두르고 안다시피 데리고 들어왔다.

이모는 이모부에게 어리광을 피우는 것 같았다.

나는 두 사람이 주고받는 말을 듣고 그걸 바로 알 수 있었다.

내가 젊기 때문에 바로 알 수 있는 것이다.

왜냐하면 젊을 때는 결벽이 심해서 남녀 간의 응수에 더 민감하니까…… 남녀 사이의 눈에 보이지 않는 감정의 교류, 말없이 오가는 시선, 그런 것이 핑핑 아플 정도로 느껴져서 눈을 돌리고 싶어진다. 예를 들어 명랑하고 태평스러운 시오리 이모가 이모

부에게,

"뭐야, 내게 아니라고 하는 거야, 당신?" 하고 가볍게 원망하는 말투로 말할 때 거기서 나는 응석 어린 요염함의 냄새를 맡고, 조금 '징그럽다'는 생각을 하게 되는 것이었다.

하지만 그건 일종의 질투였는지도 모른다. 나는 마사히코에게 그런 식으로 말할 수 없었으니까. 내게도 그런 날이 오기를 몽상했으니까.

이모부는 웃으며 바로 항복했다.

이모부는 마흔두 살, 이모는 서른여덟 살이었다. 이모가 일하러 나가거나 외출할 때를 빼면 두 사람은 늘 붙어 지냈다. 식사할 때나 바다를 바라볼 때나 텔레비전을 볼 때나 늘 함께였다.

내가 날씨 좋은 일요일에 고지대의 집에 가서,

"청소해줄게, 이모" 하고 앞치마를 두르며 말하면,

"부탁해"라고만 할 뿐 이모는 이모부 옆에서 신문을 보거나 다림질을 하면서 꼭 붙어 떨어지질 않았다.

"우리는 늦게 만났기 때문에 조금이라도 더 오래 같이 있고 싶어해……"

이모는 진지한 얼굴로 그렇게 말했다.

나는 그것도 조금 징그럽게 느껴졌다.

서로 어깨를 두드려주거나 몸에 좋다는 한약재를 부지런히 다려 함께 마시는 걸 보면 눈을 어디다 둬야 할지 몰랐다. 젊은 연인이라든가 아예 노년의 부부라면 보기 좋았겠지만 중년의 남녀가 몸을 바싹 붙이고 앉아서 목덜미를 주물러주거나 하는 광경을 보면 왠지 불편했다.

하지만 그것도 익숙해지니까 아무렇지 않았다.

그건 아마도 둘 다(이모부는 그림을 그려 그럭저럭 먹고살고, 이모는 작지만 돈을 벌어주는 가게를 운영하며 제 몫을 다하는 사회인이긴 해도) 나이는 들어가는데 의지할 데가 없어 불안한 마음이 있고, 그래서 서로를 감싸주고 싶어하는 게 아닌가 하고 나 나름대로 정리를 했기 때문일 것이다.

스무 살도 안 된 내가 마흔 살 전후의 어른들에게 이런 말을 하는 건 이상하지만 시오리 이모 부부는 어딘가 별났다. 우리 부모님하고는 달랐다.

의지할 데 없는 처지에서 싹튼 친밀함, 다정함 같은 것이 있었다.

내가 가면 둘 다 무척 기뻐했다. 이모는 맛있는 요리를 해줬고 이모부는 언변이 서툴러도 나를 즐겁게 해주려고 애썼다. 내가 유리창을 닦거나 부엌의 타일 바닥을 문지르거나 화장실에 있는 망가진 휴지걸이를 손보거나 하면 둘은 과장됐다 싶을 정도로 고마워했다. 청소를 좋아하는 나는 닦고 쓰는 일이 즐거웠고, 이모 부부를 기쁘게 해주는 것도 좋았다.

마사히코는 아주 가끔만 들렀지만 나는 이모 집에 올 때마다 그와 만나기를 은근히 기대했다. 이 집에 드나들며 부지런히 청소했던 것도 어쩌면 마사히코를 만나기 위해서였는지 모른다.

마사히코는 이모부의 큰조카다. 이모부 역시 이모와 마찬가지로 일가친척과 거의 연을 끊은 상태였고, 친척들의 용건이나 별거중인 이모부 부인의 말을 전하기 위해 마사히코만 가끔씩 이 집에 드나들었다.

이모부와 이모는 마사히코를 반갑게 대했다. 그러나 마사히코는 이모부에 대해 그다지 좋지 않은 감정을 가진 것 같았다(이모에 대해서도 그럴 테지만 나를 배려해서인지 드러내지는 않았다).

자기 부모님에게 무슨 말을 들었는지 마사히코는 이모부를 우습게 여겼다.

"삼촌은 어려서부터 게으르고 학교 다니는 것도 싫어해서 할아버지가 애를 먹었대. 부모 이름을 대고 돈을 빌리거나 사기를 쳐서 친척들 사이에서도 기피 인물이래. 어쨌든 칠칠맞지 못했던 모양이야."

"흐음."

"지금도 완전 기둥서방처럼 살잖아. 뭐 이런 말 하면 리에한테는 미안하지만, 리에 이모 때문에 자기 부인과 아이를 십 년이나 팽개쳤잖아. 물장사하는 사람이랑 함께 살면서."

마사히코는 그렇게 이모부(나아가서는 시오리 이모)에 대한 경멸의 감정을 숨기지 않았다. 법적 부부가 아니기 때문에 아무래도 한 수 접고 보는 것 같았다.

나는 그런 사고방식에 반발심을 느꼈으나 그래도 마사히코를 싫어할 수는 없었다. 둘이 함께 걷던 귀갓길, 고지대 아래 버스 정류장에서 버스를 기다리며 나누던 대화, 그와 함께했던 모든 기억이 내게는 아주 소중했다. 마사히코가 이모 부부 흉을 보면 나는 내키지 않는 응대를 해야 했지만 그래도 그와 함께 있는 것이 기뻤다. 마사히코는 내게 관심이 없었을지도 모른다. 이모네 집에 들를 때 말고는 나와 따로 만나주지 않았으니까.

"리에 너 마사히코 좋아하지?"

이모가 놀려도 나는 기분이 좋았다. 하지만 이모가 알 정도라면 마사히코도 알겠구나 하고 생각하자 부끄럽다기보다 불안했다. 혹시 마사히코가 나를 부담스러워하지 않을까 해서였다.

청바지에 하얀 티셔츠를 입고 성큼성큼 고지대의 돌계단을 올라오던 훤칠한 키의 마사히코. 뒤로는 지중해 같은 푸른 바다가 펼쳐져 있고, 그 앞으로 고베의 도시가 반짝거렸다. 그리고 빨간 개양귀비 꽃이 바람에 흔들렸다. 그런 광경을 볼 때마다 나는 마사히코가 좋아서 가슴이 오그라드는 것 같았다. 마사히코는 볼 일을 마치면,

"밥 먹고 가렴" 하는 이모의 손을 뿌리치고 돌아갔다. 그럴 때마다 나도 가겠다고 나설 수는 없었다. 차 한 잔 마시는 잠깐 동

안 볼 때도 있었고 대문까지 배웅하면서 몇 마디 나누는 게 고작인 날도 있었다(요사노 아키코의 시 얘기도 그때 주고받은 것이다).

마사히코는 이모부를 좋아하지 않았기 때문에 나에 대한 감정 역시 좋지 않았을지 모른다. 이모의 직업을 '물장사'라고 한 데서는 분명 이모를 '건전한 시민과는 다른' 사람으로 차별하는 냄새가 풍겼다. 내 부모님이나 마사히코 부모님도 마찬가지였다. 이모는 '시오리'에서 그렇게 열심히 일하는데.

그래도 나는 마사히코를 싫어할 수 없었다.

"나잇살이나 먹어가지고 저렇게 찰싹 달라붙어서, 징그러워 저 두 사람."

마사히코는 입술을 일그러뜨리며 말했고 그럴 때마다 나는 조금 양심에 가책을 느끼면서,

"맞아요" 했다.

맑게 갠 어느 일요일, 나는 고지대의 돌계단을 올라갔다. 오늘도 부디 마사히코가 들르기를 기원하면서.

마당을 돌아서 부엌으로 들어가려는데 열려 있는 거실 창으로 이모 부부의 모습이 보였다. 이모부가 아이같이 양손에 얼굴을 묻고 흐느끼고 있었다.

이모는 이모부를 꽉 끌어안고 등을 쓰다듬으며 위로하고 있

었다.

"걱정 마, 나도 곧 따라갈 테니까. 우리는 하나야. 무서워하지
마."

"정말 그럴 거야? 못 믿겠어."

이모부는 울다가 웃다가 했다.

나는 베드신을 엿본 것보다 더 나쁜 짓을 한 기분이 들었다.

살그머니 현관으로 가서 새삼 실례합니다 하고 소리를 냈더니
이모가 울먹이는 목소리로 대답했다.

나는 안 좋은 때 온 것 같아 잠시 부엌에서 얼쩡거리며 시간을
끌었다. 그러고서 거실로 가보니 이모부는 일하는 방에 들어갔
는지 보이지 않았다.

이모는 눈물을 닦고 있었다.

"무슨 일이야, 이모?"

"아니. 아무 일도 아니야."

이모는 억지로 웃으려 했다. 낮에 본 이모의 얼굴은 주름투성
이인데다 눈 주위가 움푹 파여서 추하다기보다 그로테스크한 느
낌을 주었다.

방에서 이모부가 코를 푸는 소리가 크게 들렸다.

중년의 남녀가 끌어안고 울 만큼 슬픈 일이 뭘까 하고 나는 호
기심이 생겼고, 찰싹 달라붙어 있던 이모 부부의 모습에 마사히
코가 말한 것 같은 '나잇살이나 먹어가지고 징그러워' 하는 느낌

도 받았다. 이른봄의 일이었다.

　개양귀비 꽃이 피기 전에 이모부는 입원했다.

　칠십 일 입원하고 이모부는 죽었다.

　암이었다.

　위독하다는 소식을 듣고 엄마와 함께 병원으로 달려갔다. 마
사히코의 아버지와 친척 두세 명이 와 있었다. 마사히코는 사법
고시 때문에 오지 않았다.

　우리가 도착했을 때 이모부는 벌써 죽어 있었다.

　인상이 완전히 변했고 깜짝 놀랄 정도로 작게 곱아들어 있었
다. 늘 졸린 듯한 눈을 하고 부드러운 미소를 짓던 이모부가 아
니라 꾀죄죄한 수염투성이 얼굴에 누추한 노숙자같이 쪼그라든
사내가 거기 있었다.

　하지만 이모는 그런 이모부에게 달라붙어서 뺨을 어루만지며
울고 있었다. 나도 엄마도 엉엉 울었다.

　그때 친척들이 웅성거렸다. 이모부의 부인과 아이들이 온 모양
이었다. 사람들은 이모와 그들 사이에 말썽이 일까봐 걱정했다.

　이모가 일어서더니,

　"저어, 나 잠깐 집에 다녀올게. 가져올 것도 있고……" 했다.

　또렷한 목소리로 그렇게 말하더니 사람들에게 인사하고 병실
에서 나갔다. 다들 안심하고 이모부의 원래 부인을 병실에 들였다.

우리는 장례식에 대해 상의하려고 병원 현관에서 이모를 기다렸다. 그러나 아무리 기다려도 이모는 돌아오지 않았다.

이모는 개양귀비 집에서 목을 매고 죽어 있었다.

나는 지금 와서 생각한다. "우리는 하나야. 무서워하지 마"라고 이모가 말한 것은 이모부가 죽으면 뒤따라 죽겠다는 말이었다. 이모부는 그때 이미 자신이 죽을병에 걸린 걸 알고 있었다.

그리고 또 생각한다.

나이를 먹은 사람들의 사랑도 아키코의 개양귀비 사랑과 같이 외골수의 열렬한 사랑일지 모른다고.

마사히코하고는 만날 일이 없어졌다. 나는 몇 살이 되어도 좋으니까 서로 사랑하고 사랑받는 연애를 하고 싶다고 생각한다. 짝사랑이나 조건을 따지는 결혼이 아닌. 그런 진한 사랑은 어쩌면 이모 부부처럼 마흔이나 쉰이 넘어서나 겨우 찾아올지 모른다. '뒤따라갈게' 하고 정말로 뒤따라갈 수 있는 사랑.

유서도 없었다. 이모는 비겁하지 않았다.

개양귀비 집은 지금은 남의 손에 넘어갔다.

공기 통조림

왜 그렇게 에치고 선생님이 좋은지 나도 알 수 없다.

에치고 선생님은 미남도 아니다.

미남은커녕 촌스러운 얼굴에 키는 땅딸막하고 동작도 둔하다.

대퇴부가 튼실해서 안정감이 느껴지는, 말하자면 안짱다리다.
나는 유도를 하는 사람은 안짱다리가 되기 쉽다고 들은 적이 있
어서 언젠가 선생님한테,

"선생님 예전에 유도 하셨어요?" 하고 물어보았다.

"아뇨. 왜요?"

선생님은 놀란 듯이 되물었다.

"아뇨, 그냥……"

나는 입을 다물었으나 선생님이 안짱다리로 통통걸음을 걸어

도 좋아, 하고 속으로 생각했다.

에치코 선생님은 국어를 가르친다.

그리고 나는 이 고등학교의 도서실에 근무하는 사서다.

도서실은 사회를 가르치는 중년의 마쓰이 선생님 담당이다. 화를 잘 내긴 하지만 일만 성실하게 하면 아무 문제가 없다. 도쿠다라는 서예 선생님도 도서실에 자주 오지만 소탈하고 느긋한 사람이라 신경쓸 일은 없다.

학생 도서위원인 오나미 미사코나 마에다 마사오, 나카야 아스시도 좋은 아이들이고…… 전원도시인 T시는 반은 주택가 반은 농촌으로 이곳 아이들은 비교적 의젓하다. 현립고등학교는 입학하기 어렵다고 하는데 이 시립고등학교는 그 정도는 아니다. 전에는 학교가 도심에 있었지만 지금은 산기슭으로 이전해 주변에 숲이 우거지고 공기도 맑다.

신축한 크림색 학교 건물은 신록에 싸여 씻긴 듯 아름답고, 버스정류장에서는 조금 멀지만 학교를 오가는 길가에 큰 저택이 줄지어 있어서 찬찬히 걸으면 꽤 운치가 있다.

아침에 지각할까봐 걱정하며 부지런히 걷고 있는데,

"선생님" 하고 뒤에서 남학생이 불렀다.

사서인 나도 '선생님'이라고 불린다. 교무실에서 일하는 도미나가 미키는 '도미나가 씨'라고 불리는데 스물한 살이라 학생들하고 나이 차이도 별로 안 나는 내가 '선생님'이라고 불리는 것이 늘 좀 겸연쩍다.

자전거로 통학하는 아이였다.

"태워드릴게요. 늦었어요."

"그래? 고마워."

"서둘러야 해요" 하고는 그 남학생이 학교까지 태워줬다.

점심때 도쿠다 선생님이 반찬으로 싸온 크로켓을 데워달라고
해서 전자레인지에 넣고 돌리고 있었는데 도서위원인 아이가 얼
굴을 내밀더니,

"교장선생님이 부르세요" 했다.

가봤지만 교장선생님은 자리에 없었다. 서둘러 돌아왔는데,
도쿠다 선생님의 크로켓이 사라졌다. 웃음이 났다.

선생님에게는 여러 가지 어려움과 책임이 따르고 교무실은 아
주 바쁘다(특히 시험 때). 하지만 사서는 남의 눈에 띄지 않는 편
한 직업이었고 그래서 나는 늘 즐거운 마음으로 일했다. 에치고
선생님을 만나기 전까지는……

에치고 선생님은 작년에 이 학교로 부임했다. 그전에는 시 한
가운데 있는 고등학교에서 가르쳤다고 한다.

미혼이고 옆 동네 아파트에 산다.

여름이나 겨울이나 무늬 없는 남색 양복 단벌신사다. 겨울에
는 그 위에 별로 깨끗하지 않은 코트를 걸친다.

머리는 짧게 깎는데 기름기 없는 머리카락이 부스스하게 이마

까지 내려온다.

작고 새까맣고 힘이 느껴지는 맑은 눈을 가졌다.

웃으면 붙임성 있고 남자다워 보여서 좋다. 별명은 감자다. 정말 딱 맞는 별명이다. 수수해서 눈에 잘 띄지 않는다. 문예부 고문을 맡고 있는데 거기 학생에게 물어봐도,

"음, 좋아요, 비교적"이라 할 뿐 열렬한 팬은 없는 모양이었다.

인기 있는 선생님은 영어를 가르치는 가스카 선생님이나 수학을 가르치는 야타베 선생님처럼 엔간히 잘생겼거나 가르치는 방법이 참신하거나 보충수업에 열심이거나, 어쨌든 눈에 띄는 선생님들이다.

에치고 선생님은 멍하니 있는 탓인지 눈에 띄지 않는다.

말수도 적다. 따뜻한 느낌이지만 밝지는 않다. 오히려 어두운 편이다.

어디가 좋은지 모르겠지만 나는 처음 봤을 때부터 좋았다. 첫눈에 반했다는 건 이런 걸 두고 하는 말일 것이다.

볼 때마다 좋아진다.

"『이자요이 일기』 주석서 있나요?"

선생님이 질문이라도 하면 나는 기운이 불끈 솟아,

"네!" 하고 쩌렁쩌렁하게 대답한다. 선생님은 책을 좋아한다.

"선생님, 이런 책이 들어왔어요"라면서 보여주러 가기도 하고 복도에서 만났을 때,

"이번에 이러이러한 책이 들어왔습니다"라고 말해주기도 한다.

그러면 선생님은 기쁜 듯이,

"그래요? 흐음" 하고는 도서실에 온다.

그러고는 도쿠다 선생님과 한두 마디 하면서 서서 책을 읽는다.

도서위원인 오나미 미사코에게,

"에치고 선생님 어때?" 하고 물었다가,

"왜요?"라는 말을 들었다.

"감자한테 뭔 일 있어요?"

즉 그 정도로 아무 특징도 없는 선생님이라는 건지도 모른다.

하지만 오나미 미사코는,

"감자는 점수를 잘 줘서 애들한테 비교적 인기가 있는 것도 같아요"라고 덧붙였다.

'가장 맞다고 생각하는 것에 동그라미를 치세요'라는 문제에 보기가 A B C 등등 있으면 답은 대충 그중에 두 개 정도까지 허용해주는 모양이다. 어느 것이든 한 개만 정답이라는 식으로 답을 좁히지 않는다고 한다. 관대한 것이다.

언젠가 체육관 이층에 숨어서 술을 마시고 있던 학생들을 발견했을 때도 에치고 선생님은 야단치는 대신에,

"어이, 나머지는 내일 마셔" 했다고 한다.

에치고 선생님은 마쓰이 선생님같이 덮어놓고 고함치거나 야타베 선생님같이 못 본 척했다가 나중에 교무회의에서 문제삼거

나 하지는 않는 모양이었다. 이 얘기는 도서위원인 나카타니 아쓰시한테 들었다.

나는 학생들이나 선생님들 사이에서 에치고라는 이름이 나올 때마다 귀를 쫑긋 세웠다. 끝내는 이치고(딸기)라는 말조차도 에치고로 들릴 정도가 돼버렸다.

도서실과 교무실은 떨어져 있지만 점심 먹을 때나 퇴근할 때는 교무실 사람들과 함께 가고 또 교무실에 가서 처리할 일도 있어서 나는 에치고 선생님을 거의 매일 봤다.

멀리서 봐도 좋았다. 선생님의 퉁퉁걸음은 뒤에서 보고 있으면 그립고 왠지 슬펐다.

내가 멋대로 상상하는 건지는 모르지만 선생님은 외로운 사람 같았다.

도미나가 미키에게는 아무 말 않으려고 했는데 나도 모르게 말이 나와버렸다.

"에치고 선생님 너무 좋아……"

미키는 내가 좋다고 하는 남자를 따라서 좋아하거나 채가거나 한다. 방심하면 안 되는 여자다.

나는 미키를 절대 믿지 않는다.

미키는 심술궂고 친해지기 어렵고 무슨 생각을 하는지 알 수 없는 친구인데, 이 친구와 만났다 하면 늘 혀에 꺼끌꺼끌한 모래가 달라붙은 것 같은 뒷맛이 남았다.

내가 새 옷을 입고 가면 미키는 큰 소리로,

"너 그 허리 어떻게 된 거야, 밤에 과식했니? 되게 굵어 보인다. 옷 때문인가?" 따위 말을 했다. 그렇게 말을 돌려서 옷을 흉봤다. 하지만 남자 앞에서는 태도가 돌변하고 말투도 다정해졌다. 남자에게 잘 보이려고 짙은 화장을 하고 팔다리는 제모를 해서 매끈매끈하게 만들었다.

시의 유력자인 삼촌 덕에 이 학교에 취직했지만 교장도 교감도 미키를 그리 좋아하지 않는다는 소문이 있었다.

양호실이나 교무실에 있는 다른 여직원들도 모두 미키를 싫어했다.

그래도 남자 선생님들한테는 인기가 있었다. 얌전하고 부드럽게 말하기 때문일 것이다.

여자들의 교제에는 신기한 면이 있다. 속으로는 싫어하면서도 사이가 좋은 듯이 미키와 재잘거리는 여직원이 꽤 있었던 것이다. 그래놓고 뒤에서는 미키의 흉을 봤다. 미키와 있을 때는 아마 다른 여직원의 흉을 봤을 것이다.

나는 그런 번잡하고 우울한 여자들의 교제를 멀리했지만 본래가 무른 타입이라 미키가 친한 듯 바싹 다가와서,

"그거 알아? 하루카 선생님이 이번에 데릴사위로 장가간대" 따위의 귓속말을 하면,

"그래? 상대는 어떤 사람이야?" 하고 맞장구쳐주게 된다.

또는 미키가 풀이 죽어서,

"○○선생님한테 야단맞았어" 같은 말을 하면, 여자끼리의 연대감이라는 비밀스러운 분위기에 낚여,

"그 선생님 정말 싫어" 하고 말하게 된다.

그러면 미키는 다른 사람들에게 그 말을 퍼뜨렸고, 나는 험악한 일을 당해야 했다.

지금은 졸업했지만 도서위원이던 모리야라는 아이가 나는 좋았다. 성실한 모리야 덕분에 많은 도움을 받았다. 모리야는 심성이 착하고 담백하고 남자답고 친절했다. 나는 모리야를 데리고 차를 마시러 가고 영화를 보기도 했다. 내가 모리야하고 사이가 좋다는 걸 안 미키가 당장 모리야에게 접근했다.

"그 애는 공대에 갈 거래"라든가,

"그 애 아버지와 우리 삼촌이 아는 사이야. 선거 때도 지원을 해주는 모양이야" 하고 예의 그 '유력자' 삼촌을 끄집어내면서 나보다 모리야에 대한 정보를 더 많이 가진 것을 자랑했다.

뭐든지 지는 걸 아주 싫어하는 성격이 비뚤어진 여자인 것이다. 미키는 내게 이것저것 과시하듯 가르쳐주고 반응을 보는 것도 즐겼다.

나는 도미나가 미키의 그런 성격을 잘 알고 있었기 때문에 에치고 선생님에 대한 내 마음을 들키지 않으려고 했다.

하지만 소중한 것일수록 획 하는 사이에 손에서 물이 새듯 놓치고 마는 법이다.

그리고 한번 새면 다시 떠 담을 수 없다.

그때 어떤 분위기에서 미키에게 그런 얘길 했는지 기억나지 않는다. 미키는 늘 그렇듯이 내게 몸을 바싹 갖다붙이고 절친한 친구인 양 끈끈한 우정의 시늉을 마구 했을 것이다.

지금 생각해보면 미키는 정말로 친구가 없어서 외로웠던 것이 아닐까싶다. 책략과 음모가 많은 자신의 성격을 잘 알고 있었고, 그래서 마음을 터놓는 친구를 사귀지 못한다는 것도 어렴풋이나마 알고 있었던 것 같다.

때로 미키는 그 사실 때문에 불안해서 고양이가 다가와 몸을 비벼대듯 다른 사람에게 다가갔다.

물러빠진 나는 미키가 그러면 어느새 마음을 허락하고 진심을 털어놓고 만다. 몇 번이나 배신을 당해 지긋지긋하면서도 순간적인 제스처에 어수룩하게도 진심을 내보이고 마는 것이다.

미키는 에치고 선생님의 이름을 듣고는 한동안 어리둥절해 했다.

"그 남자, 별명이 감자야."

"알아."

"그 감자가 좋다고? 어머!"

미키는 내 얼굴을 노골적으로 쳐다봤다.

"난 하루카 선생이나 야타베 선생이 훨씬 괜찮은데. 넌 시든 감자의 어디가 좋은데?"

"어디라니, 그런 거 몰라. 어쨌든 좋아."

"어휴, 다 제 눈에 안경이라더니."

"비밀이야."

"물론이지. 하긴 그러고보니 에치고 선생이 소박하고 입이 무거운 게 남자다운 느낌은 있네."

"그래, 그거야."

"교장이나 교감에게 아부 떠는 일도 없고 학생들한테 입에 발린 소리도 안 하고."

"그래, 그거야."

나는 경계를 허물고 미키가 날 이해한다고 생각했다.

"코트 입은 뒷모습에서 남자의 슬픔 같은 게 느껴져서 좋아."

"흐음. 그래? 좋아, 앞으로 주의해서 봐주지" 하고 미키는 유쾌하게 말했다.

"에치고 선생님은 성실하지만 고지식한 건 아니야."

나는 말을 시작하면 멈출 수가 없다.

"성실함의 시시함과 서글픔을 잘 알고 있는 성실함. 그런 느낌이 들어."

에치코 선생님은 농담을 하지는 않지만 학생들이 웃기는 얘기를 하면 잘 웃었다.

"유머가 있지만 그걸 꾹 누르고 있지. 숨은 실력자의 유머야."

"흐음. 그렇구나."

미키는 일일이 감탄했다.

말해버린 뒤에 나는 조금 후회했다.

하필이면 미키 같은 친구에게 속마음을 털어놓은 것도 그랬지만, 무엇보다 나 혼자 소중히 간직했던 보물을 공개한 것 같은 기분이 들었다.

에치고 선생님의 좋은 점은 나만 알고 있다는 내밀한 자부심이 있었는데……

하지만 기쁘게도 그즈음 나는 에치고 선생님과 같은 전철역에서 내리게 됐다. 에치고 선생님이 내가 사는 동네에서 하숙을 시작했기 때문이다.

"밥하는 게 귀찮아져서 말이죠. 전에 살던 아파트는 학교에서 가까워서 다니기는 편했지만 슈퍼도 목욕탕도 멀었어요."

에치고 선생님은 자기 생활에 대해서도 이것저것 말해줬다.

우리는 역에 내려서 이백 미터쯤 같은 방향으로 걷는다.

가끔은 "커피 마실까요?" 하고 역 앞에서 커피를 사주는 일도 있었다. 하지만 특별한 일은 없었고, 대출한 참고서를 몇 장 잘라서 커닝하려다 발각된 아이, 하급생을 코피 나도록 때린 아이, 목욕탕 입구에 쳐놓는 '여탕, 남탕'이 적힌 발을 훔쳐다 교무실 입구에 내건 아이 등 학생 이야기뿐이었다.

선생님은 유쾌한 어조로 술술 말했다. 청산유수까지는 아니지만 말을 존득거리게 하고 남자라서 그런지 간결하고 요령 있게 눈앞에 보이듯이 이야기했다.

선생님이 말수가 적다니, 지금까지 왜 그렇게 생각했을까.

"사실 저도 신기해요."

선생님은 즐거운 듯이 담배를 피웠다.

"온다 씨 앞에서는 입이 가벼워지네요. 왜 그럴까?"

"제가 잘 들어주나봐요."

"그런가."

선생님은 그렇게 말했지만 나는 마음속으로 그게 아니라고 생각했다. 에치고 선생님을 좋아하는 내 마음의 파문이 선생님의 마음에 파도를 일으켜서 유쾌한 기분으로 이끄는 것이 분명했다.

사람은 상대와의 관계에서 일부러 꾸며서 즐거운 척할 수 없다.

처음에는 그런 척할 수 있을지 몰라도 그게 거짓이면 금방 드러나기 마련이다. 함께 있는 게 진심으로 즐겁다면 분명 상대에게도 그런 마음이 전해진다. 그렇다, 틀림없이 그럴 것이다.

밤이 늦었을 때는 선생님이 집까지 데려다줬다.

"여름방학 때는 뭐 하고 지내실 계획이에요?"

내가 물었더니,

"이 주 동안 보충수업이 있어서 아무데도 못 가요. 하숙집 이층에서 맥주나 마시겠죠. 좋은 피서법 알아요?"

"극장에서 영화 보다 자는 게 가장 좋은 피서법이에요."

"정말 그렇겠네."

선생님이 웃었다.

나는 선생님을 웃기려고 노력했다. 선생님에게 내 마음을 들키고 싶지 않았다. 늘 즐겁고 유쾌한 사이로 지내고 싶었다.

오본*이 되어 축제가 시작됐다.

나는 일찌감치 목욕하고 유카타를 입고 선생님 집으로 갔다. 선생님은 이층에서 러닝셔츠에 바지 차림으로 내다보더니,

"와, 못 알아보겠는데요. 예쁜 유카타 차림이라서" 하고는 밖으로 나왔다. 텔레비전을 보며 맥주를 마시고 있었다고 한다.

"오본 축제 보러 가지 않으실래요?"

내가 물었다.

"춤출 거예요?"

"아뇨, 잘 못 춰요. 부끄러워서."

"춤 안 추고 보고만 있을 거면 뭐 하러 가요."

"마에다가 이 동네 사니까 거기 있을지도 몰라요. 선생님은 춤 추실 거예요?"

"더워요. 술 마셨더니 더 더워요. 자연공원에 바람이나 쐬러 갈까요?"

---

* 일본의 추석 같은 명절.

"거기는 무덤 뒤쪽이라 무서워요."

"무슨 소리예요? 불 켜놔서 괜찮아요. 게다가 내가 있잖아요."

선생님이 이런 얘기를 하다니, 별일이라고 생각했다.

나는 신이 났다. 자연공원은 연못과 풀밭을 자연의 모습 그대로 보존하자는 취지에서 만든 시립 공원이다. 우리는 벌레 소리때문에 더욱 서늘하게 느껴지는 공원으로 들어갔다. 정말 수은등이 환하게 켜져 있고 아이들과 함께 바람 쐬러 나온 가족도 보여 무섭지 않았다.

"'아베크족 습격' 같은 뉴스가 자주 있잖아요."

나는 농담을 했다.

"선생님, 그런 일 생기면 절 지켜주실 거예요?"

"당연하죠. 목숨 바쳐 지킬 거예요."

선생님은 장난스럽게 말하더니,

"왜 그런지 온다 씨하고 있으면 이렇게 돼버리네요. 나 이런말 좀처럼 안 하는데" 했다.

"술 때문이겠죠."

"아니, 온다 씨 때문이에요. 온다 씨는 정말 밝고 좋은 사람이에요. 온다 씨 앞에서는 누구라도 처음 만난 날부터 바로 만담을할 수 있을 거예요. 아하하하."

선생님은 웃었다.

선생님, 만담 같은 소리 하지 마요.

선생님은 저와 있는 게 좋기 때문에 들뜨는 거예요. 그걸 몰라요? 나는 그렇게 말하고 싶었지만 잠자코 있었다.

그리고 선생님이 나를 밝은 사람이라고 생각한다면 그 노선으로 가자는 생각도 했다.

가을에 선생님이 코트를 입게 됐을 무렵, 선생님과 미키가 결혼한다는 소문을 양호 선생이 어디서 듣고 왔다.

모두 깜짝 놀랐다.

"에치고 선생한테 의외로 괜찮은 데가 있는지도 몰라."

그러면서 이제 와서 소란을 떠는 여직원도 있었다.

"난 하루카 선생 같은 스타일보다 훨씬 좋던데."

그러면서 흥분하는 여직원도 있었다.

"역시 미키는 재빨라. 미키가 에치고 선생을 점찍고는 엄청 달라붙었던 모양이야."

"왜 그랬대?"

"코트 입은 뒷모습에서 남자의 슬픔 같은 것이 느껴져서 좋대."

"형사 콜롬보도 아니고."

내가 말하자 모두 웃었지만 그 여직원은 계속해서,

"에치고 선생은 성실하지만 고지식한 건 아니래. 성실함의 시시함과 서글픔을 잘 알고 있는 성실함이라나."

"어렵구나."

나는 말했다.

"미키가 의외로 사람 보는 눈이 있네. 가벼운 아이라고 생각했는데."

또 한 여직원이 감탄했다.

"숨은 실력자의 유머라나 뭐라나 하여튼 여러 가지 얘기를 해 댔어. 정말 에치고 선생에게 푹 빠졌나봐. 걸음걸이까지 좋대."

"숨은 실력자라."

누군가 감개무량하다는 듯이 말하더니,

"에치고 선생 그러고보니까 정말 좀 매력 있어. 어쩐지 미키한테 당한 느낌이 드는데" 했다.

나는 도서실로 돌아왔지만 책에 라벨을 붙이면서 계속 실수를 했다.

머릿속이 텅 비어버렸고 어떻게 해야 좋을지 알 수 없었다.

도미나가 미키는 겨울이 되기 전에 학교를 그만뒀다.

"결혼식은 내년에 올리지만 이래저래 바빠서."

그러면서 활짝 웃었지만 미키가 웃으면 콧잔등에 교활해 보이는 주름이 생겨서 결코 느낌이 좋지 않다.

"너, 코트 입은 뒷모습을 참 열심히도 봤더라."

나는 비꼬았다.

"열심히 보는 사람이야 많겠지만 중요한 건 뭐니뭐니해도 느낌 아니겠어? 그게 맞지 않으면 아무 소용 없잖니?"

미키는 흥! 하는 얼굴이었다. 나는 두껍고 무거운 책을 미키에게 집어던지면 얼마나 속이 후련할까 하고 생각했다.

도서실에 온 에치고 선생님은 평소와 조금도 다름없이 부스스한 머리를 이마 위로 늘어뜨리고 서가에서 책을 뽑아 읽기 시작했다. 미키 따위와 결혼하는 것 때문에 에치고 선생님에 대한 내 흥미는 폭삭 식어버렸지만 그래도 역시 그리운 감정이 솟았다.

나는 책을 정리하는 시늉을 하면서 선생님 곁으로 다가가,

"선생님, 결혼하신다면서요? 정말이에요?" 하고 물었다.

선생님은 싱글벙글하면서,

"누가 그런 얘기를 해요? 아직은 아니에요. 여자도 없는데요. 온다 씨가 찾아줘요. 한 명이면 되니까" 하고 웃었다. 만담 콤비를 대하는 듯한 친근함이었다.

나는 만담 상대로서나 겨우 선생님의 친근함을 얻을 수 있었나보았다. 어떻게 알았느냐 하면, 선생님이 이듬해 봄에 진짜로 미키와 결혼을 했기 때문이다.

지금 에치고 선생님은 이 학교에 없다. 다른 사립학교로 옮겨갔다.

나는 몇 년 지나 영화관에서 선생님과 미키를 만났다. 처음에는 선생님하고 딱 마주쳤다. 좁은 통로였다.

"여어……"

선생님은 그리운 표정을 지었고 내게 말을 걸고 싶은 듯했다.

무척 나이들어 보였고 꾀죄죄하고 생활의 냄새를 풍기는 그럴싸한 중년이 되어 있었다.

그리고 뒤이어 나타난, 역시 나이든 미키가 나를 알아보고 조금 놀란 표정을 지으며 머리를 까딱하고는 선생님을 재촉해 앞쪽 자리로 갔다. 선생님은 마음을 남겨두고 끌려갔다.

그 모습을 보자 아무래도 별로 행복하지 않은 선생님의 결혼생활이 그려졌다. 선생님의 얼굴은 역시 내게 두두 하고 가슴 뛰는 그리운 안타까움을 불러왔지만, 그 옛날 순수의 결정과도 같았던 마음하고는 질이 달랐다. 그 사랑은 내 마음속에서 통조림이 되어 있었다.

공기 통조림. 열어봐도 아무것도 보이지 않고 소리도 나지 않는, 뭔가 채워져 있지만 그것이 통조림이 됐다는 사실밖에 알 수 없는 통조림이었다.

나이
화장

아키모토 치사는 우리 부서의 명물이었다.

서른두 살인데 부서 여자들 중에 최고참이었다.

일 잘하고 믿음직스럽고 여두목 같은 데가 있었다. 목소리가 크고 뭐든 숨김이 없어서 사무실에서 통화할 때도 거리낌없이,

"으하하하……" 하고 웃어젖혔다.

목소리가 크다고 방금 지적했지만, 치사는 입도 컸다.

아니 콧구멍과 얼굴, 손도 발도 엉덩이도 컸다. 가슴도 풍만해서 키는 160센티미터인데 묵직한 느낌이 있었다.

젊은 여자들 사이에 서면 완전히,

아줌마!

그런 느낌을 줬다.

다른 부서에도 서른 살 넘은 여직원은 많지만 그런 느낌을 주는 사람은 한 명도 없었다. 서른 살 넘은 여자들은 모두 늘씬하고 멋쟁이고 조금은 냉소적인데다 적당히 심술궂고 신비롭고 아름다웠다.

그러나 치사한테는 신비롭거나 멋스러운 구석이 없었다. 추녀라고밖에 달리 표현할 말이 없었다.

와그르르하는 목소리로 말하고 굽 낮은 신발을 찍찍 끌며 걷고, 과장 앞에서도 주머니에 손을 찔러넣은 채 당돌하게 말했다.

워낙 고참이라 과장은 고사하고 부장에게도 대등하게 굴었다. 단골 거래처 사람에게도 옆집 아저씨 대하듯 설렁설렁 말했다.

"리얼한 오사카 말투로군."

구도 시즈오가 뒤에서 말하며 웃자, 치사는 역시 오사카 말투로,

"헤, 그런가"

"모르겠는데" 하고 대꾸했다.

젊은 남자 사원들은 영업할 때 오사카 말투를 쓰지만 여자들은 아무도 쓰지 않는다. 악센트나 어미에 아주 조금 오사카 말투의 흔적이 남아 있을 뿐 오래된 만담에나 쓰일 것 같은 걸쭉한 오사카 말투가 섞이는 일은 없다.

그래서 치사가 수화기를 들고 남자들이 쓰는 오사카 말투로 안 되겠다거나 재고가 없다거나 하고 큰 소리로 말하면 괜스레

더 사람들의 주의를 끌었다.

나는 치사가 어떤 효과를 기대하고 그런 말투를 쓰는지 알 수 없었다.

또한 여자가 그런 말투를 쓰는 게 좋게 들리지 않았다.

젊고 한창인 나이에, 예를 들어 구도 시즈오같이 일에 몰두하는 남자가 오사카 말투를 쓰면 탄력 있고 기분좋고 활기찬 느낌을 주지만,

치사가 사용하면 왠지 상대를 우습게 보는 것같이 들렸다.

물론 치사는 상대를 우습게 보는 사람이 아니었고 일도 열심히 했다.

나는 치사가 나름대로 나이 화장을 하는 거라고 생각했다. 스물예닐곱이 지난 여자는 이미 자신을 생겨먹은 그대로 내보여서는 안 되니까.

여자는 이 나이가 되면 자신에게 어울리는 이미지를 설계해서 그 이미지에 가까워지도록 자신을 교정하고 수련해야 한다. 나는 그걸 나만 아는 말로 '나이 화장'이라 부른다.

파운데이션이나 립스틱을 바르는 화장만이 아니라,

'어떤 분위기의 여자가 돼야 하는지' 늘 고민해야 한다고 나는 생각한다.

나는 스물일곱이었기 때문에 이제 슬슬 나이 화장을 시작할 생각이었다.

치사도 나와 비슷하게 생각했는지 모르겠지만, 나이를 먹을수록 더 덜렁대고 남자를 남자로 생각하지 않고 농담이나 잡담을 늘어놓으면서 자신을 숨김없이 드러냈던 것도, 그것이 자신에게 어울린다고 봤기 때문이라고 나는 생각한다.

서른 넘어서까지 들떠서 지내는 여자는 없다. 서른이 넘으면 무의식중에라도 자신이 안착할 장소를 찾게 된다. 미혼으로 나이를 먹어가는 사이에 자연스레 자신의 등딱지에 맞는 구멍을 파게 되는 것이다.

우아하게 나이를 드러내면서 시크한 이미지를 풍기려는 여자도 있고, 젊어 보이려고 필사적으로 얼굴에 덧칠하는 여자도 있고, 전투를 포기한 듯이 화장을 그만둬버리고 눈가 주름이나 입가의 팔자주름을 안쓰러울 정도로 깊게 파는 여자도 있다.

치사는 방어보다는 공격을 택해 눈에 띄는 '아줌마'가 됨으로써 노처녀의 콤플렉스를 날려버리려 했는지도 모른다.

우리 부서에서는 스물일곱인 내가 치사 다음으로 나이가 많았다. 그 밑으로는 훨씬 어려져서 스무 살 전후였다.

치사는 나와 함께 다니는 걸 좋아했지만 그녀의 우정은 내게는 솔직히 말해 민폐였다. 치사는 작고 검은 눈으로 약삭빠르게 이리저리 살피면서 나에 대한 거라면 뭐든 냄새 맡으려 들고, 툭하면 고압적인 자세로 설교를 늘어놓았다(설교 버릇은 여두목풍

의 믿음직스러움의 이면이기도 해서 내가 뭔가 실수를 하면 빈
틈없이 뒤처리를 해주고 감싸주어 좋긴 했지만, 시간이 흘러 나
역시 베테랑이 되자 그럴 일도 없어졌다). 또 나는 치사의 인생
관이 마음에 들지 않았다.

치사는 금전에 몹시 집착했다.

직장은 심심풀이로나 다니는 거라서,

"나와서 하루종일 빈둥거려도 월급을 주니까 직장만큼 고마운
데가 없어" 했던 것이다.

치사는 일하지 않아도 먹고살 수 있는 제법 괜찮은 배경이 있
었다. 사람을 고용해 양장점과 커피숍을 운영했고, 원룸주택 임
대업도 했다. 부모님은 돌아가셨고, 오빠와 언니와 남동생하고
는 유산 상속 때문에 다투고 절교한 상태라 진정한 외톨이가 되
어 호화로운 아파트에서 혼자 살고 있었다.

전에는 원룸(부모님에게 상속받은 것)에 살았는데 그후 아파
트를 샀다. 나는 원룸에는 한 번 가봤지만 이사한 아파트에는 못
가봤다.

때때로 치사가 자랑하듯이,

"진짜 가죽 소파를 샀어. 오래전부터 갖고 싶었거든. 이탈리아
제품인데 비싸긴 해도 역시 진짜는 달라. 하얀 가죽이야"라든가,

"사이드보드도 하얀 가죽 제품으로 샀어, 200만 엔이나 주고.
엄청 비싸지만 어쨌든 평생에 한 번인걸. 가구만으로도 집 한 채

지을 정도야" 하면,

나는 그녀의 집이 어떤 모습일지 상상할 뿐이었다.

치사는 돈놀이도 했다. 회사 사람이 아니라 장사하는 사람에게 빌려주는데, 반쯤 프로 금융업자처럼 하는 모양이었다.

"큰 이득 없는 장사보다 믿을 만한 사람 상대로 돈놀이 하는 게 가장 확실해."

그러면서 내게 속삭이듯 말했다.

"돈은 모아놔야 해. 돈밖에 기댈 데가 없으니까."

치사는 내게 늘 그렇게 말했다.

치사가 친절하지 않다고는 할 수 없었다.

내게 맞춤한 재테크 기술을 지치지도 않고 꾸준하게 가르쳤다.

주식이나 정기예금에 대한 얘기도 해줬고,

"쓸데없는 얘기가 아냐" 하면서 신탁이 어떻다느니 공채가 어떻다느니 하다가 마지막에는 늘,

"신사이바시에서 에비스바시, 끝에서 끝까지 한번 걸어봐 어디 동전 하나라도 떨어져 있나. 거저 생기는 돈은 없어. 돈이라는 건 바지런하게 벌지 않으면 모을 방법이 없어" 하고 열심히 나를 타일렀다.

나는 치사의 얘기를 들을 때마다 우울해졌다.

나도 나 나름대로 인생 설계를 하고 있었다.

스물다섯 살이 지나서부터는,

'영원히 젊지는 않아. 나이들 마음의 준비를 하자' 했고 어린 모습에서 벗어나야 한다고 생각했다. 앞으로 몇 년 더 계속될 수도 있는(어쩌면 갑자기 결혼할 기회가 찾아올지도 모르지만) 미혼 시절을 우아하고 성숙한 여자의 계절로 만들어야지 하고 이런저런 궁리를 하며 나름 즐겁게 지냈다.

그런데 치사는 시간을 껑충 뛰어넘어 늙은이의 계절을 상정하고 있었다.

"돈의 가치도 떨어질 테니까 땅이나 보석으로 갖고 있는 게 좋아" 하고 치사는 알려줬지만 나는 흥미가 없었다.

언젠가는 무척 열심히,

"미즈오. 돈을 빌려서라도 이건 꼭 사야 돼. 사두면 절대로 손해 안 봐. 이런 건 여간해선 안 나와"라고 권해서 내가,

"뭔데요. 도대체……" 했더니,

"금으로 만든 미쓰카사네사카즈키야, 순금!" 했다.

삼 단으로 된 큰 술잔을 사서 뭘 어쩌라는 건가.

"바보구나. 돈으로 갖고 있는 것보다 훨씬 유리해. 금의 가치는 변하지 않으니까."

치사의 그 말에 나는 대답도 할 수 없었다.

나는 작은 액세서리를 좋아한다. 반지도 보석이나 귀금속이 아니라 패셔너블한 반지 귀걸이 세트 또는 목걸이 팔찌 세트 같은 것을 좋아해서 그런 세트를 여러 개 사서 번갈아가며 하고 다

닌다.

"낭비야……"

치사는 딱하다는 듯이 내게 말했다.

"그런 데 돈 쓰지 말고 조금만 참고 모으면 작은 보석 정도는 살 수 있는데. 그런 모조가 아니라 진짜를 사놓아야 한다고."

하지만 나는 바늘 끝으로 콕 찍어놓은 것 같은 작은 보석에 몇십만 몇백만을 지불하느니 고만고만한 가격의 기발하고 유쾌하고 예쁜 내 맘에 드는 액세서리를 서랍 가득 모으는 편이 더 즐거웠다. 나는 인생을 즐기고 싶었다.

치사는 사람을 고용해 양장점을 운영하기 때문에 기성복 도매상을 많이 알았고 옷을 싸게 사는 데도 능란했다.

같이 가자고 해서 따라가봤는데 값은 쌌지만 창고 같은 데 들어가서,

"죄송합니다. 죄송합니다" 하고 계속 죄송하다 해가며 정신없이 골라가지고 나와야 했다. 게다가 소매나 기장이 길다고 이야기하면,

"고쳐 입으면 되잖아. 이런 옷을 어디서 이렇게 싸게 사!" 하고 야단을 쳤다. 무슨 큰 은혜라도 베푸는 것처럼 굴어서 나는 쇼핑의 즐거움을 요만큼도 느낄 수 없었다.

그후로 나는 치사가 아무리 권해도 '싸게 살 수 있는 도매상'은 사양하고픈 마음이 됐다.

치사는 천성인 덜렁이 기질과 붙임성, 처음 보는 사람에게도 허물없이 구는 뻔뻔함으로 모든 방면에 '싸게 살 수 있는 도매상'을 확보하고 있었다.

핸드백이든 가구든 가전제품이든 화장품이든.

화장품 가게를 하는 친척에게서 샘플이나 경품 같은 것을 잔뜩 얻어와서는,

"화장품 같은 건 한 번도 돈 주고 사본 일이 없어" 하며 자랑한 적도 있다.

회사 사람들은 우리 사이가 좋은 줄 알았지만 나는 치사가 부담스러웠다.

치사는 날 친한 후배라고 생각했을지 모르지만 시간이 지나면서 나는 치사에게 지긋지긋한 마음이 들기 시작했다. 물론 좋은 점도 있지만 지나치게 돈 돈 하는 것이 내 반발을 샀다.

"돈이 꼭 있어야 하는 건 아니에요, 선배. 돈 없어도 인생을 즐길 수 있어요"라고 내가 말하면,

"안 돼! 돈 없으면 나이들었을 때 아무도 옆에 안 와. 돈이 있어야 사람들이 대소변 시중도 해준다고" 하며 이제 삼십대 초반인 여자가 꿈도 로망도 없이 양로원 얘기만 해댔다.

"다들 미즈오처럼 말하지만 금방 그 나이가 된다니까."

치사는 의기양양하게 말했다.

회사 남자들이 치사에게 질려하면서도 얼마쯤 경외심을 품는

건 치사가 부자라는 걸 어렴풋이 알기 때문인 것 같았다.

"남자들이란…… 돈 좀 있다는 사실만으로 존경을 하네" 하고 나는 시즈오에게 말한 적이 있었다.

"존경한다기보다 관심이 있는 거겠지. 남자치고 돈 필요 없다 하는 사람은 없으니까. 늘 어떻게 하면 돈을 벌까 하는 궁리만 하며 살거든. 그러니 돈을 많이 번 사람은 남자든 여자든 주목의 대상이 되는 거지."

"자기도 그래?"

"나는 마작이든 경마든 돈을 따본 적이 없어. 주목한다기보다 부럽지."

"어머, 그럼 치사 선배와 잘 해보지그래?"

"그런 농담 하지 마. 생각만 해도 까무러치겠네."

시즈오의 말에 함께 웃었다.

"다 가질 수는 없는 법이야. 미즈오가 치사 선배의 돈 버는 재능까지 겸비하고 있다면 더할 나위 없을 텐데 말이야" 하고 웃으며 시즈오는 내 머리카락을 엉망으로 흩트려놓고 겨드랑이 아래로 당기더니 내 콧잔등에 키스했다.

나와 시즈오는 회사 사람들 모르게 일 년 정도 만나왔다. 시즈오는 나보다 한 살 아래다.

둘 다 부모님과 함께 살고 있어서 도심의 작은 호텔을 자주 이용했다. 더울 때나 추울 때는 쾌적한 실내에서 나가는 게 귀찮

아서,

"한 번쯤 아침까지 죽 자고 싶어"라고 푸념하곤 했다.

"같이 살까?"라고 시즈오가 물은 적도 있다.

"나도 이제 슬슬 아버지 집에서 나오고 싶기도 하고. 집 구하면 미즈오가 곁에 있어줄 거야?"

"계속? 아니면 가끔?"

"그야 계속인 편이 좋지."

나나 시즈오나 결혼이라는 말을 꺼내기가 조심스러웠다.

그렇다기보다는 만나면서 서로에게 점점 호감이 커지고 있는데 그 사실을 입 밖에 내지 않고 서로 탐색하고 있었다고 할까.

'이 남자, 내게 완전히 빠졌군.'

'나한테 반한 것 같아.'

이렇게 생각하면 마음 한구석이 든든했다. 함께 있을 때 아무 말 안 해도 전혀 어색하지 않았고, 이렇게 침묵의 책임을 지지 않아도 괜찮은 사이가 됐다는 사실을 깨닫자 나는 시즈오가 더 좋아졌다.

잘 유지하면 이대로 결혼으로 골인할 수 있을지도 모른다고 생각했다. 동거에서 결혼으로 자연스럽게 미끄러져갈 것 같은 느낌이 들었다.

하지만 한편으로는 경계심이 들었다.

시즈오가 여전히 '결혼하자'는 말을 꺼내지 않는 것에 대해,

그런 것에 집착하지 않겠다고 접어놓았으면서도 마음 한구석에서는 시즈오를 완벽하게 믿을 수 없다는 생각이 들었던 것이다.

물론 우리는 회사 사람들이 눈치채지 못하게 늘 조심했다. 나는 시즈오를 반한 눈으로 바라보거나 특별한 말투를 쓸 정도로 둔한 여자는 아니었다.

시침떼고 있었지만 나는 날카롭게 그를 살폈다. 그가 깔끔하게 머리를 깎고 온 아침에는 잽싸게 그의 섹시한 목덜미를 훔쳐봤다.

그의 목덜미에 있는 작은 점이 별처럼 보였다. 머리카락은 깔끔하고 가지런하고 칠흑같이 검었다.

혼자 거울을 보면서 스스로 예쁘다고 생각되는 날이 있다. 눈이 반짝반짝 빛나고 머리는 구불구불 파도치고 하얀 피부에 파운데이션이 잘 스며들어 촉촉해 보이는 날. 내가 봐도 내가 예쁜 날.

그건 시즈오가 있기 때문이었다. 그에게 사랑받고 있기 때문이었다.

우리 부서 여직원들은 모두 어려서 자기 생각만 하지 남의 일에는 관심이 없었다.

치사는 내 동정에는 민감했지만 대체로 남을 칭찬하는 법이 없는 여자라서 뚫어져라 쳐다보다가 헐뜯는 일은 있어도,

'너 요즘 예뻐졌구나. 무슨 일 있어?' 하는 일은 없었다.

뚫어져라 쳐다본다고 하니까 과장 역시 그랬던 게 생각나는데, 과장은 고지식한 사람이라 농담도 하지 않았다.

예뻐졌다고 칭찬해주는 사람은 시즈오뿐이었다.

시즈오가 내게 소중해졌기 때문에 치사가 괜히 더 귀찮아졌던 건지도 모른다.

시즈오와 일박 여행을 가기 위해 토요일에 휴가를 냈다. 마침 시즈오의 출장이 끝나는 날이었기 때문에 둘이 같이 놀러가는 것을 들킬 위험은 없었다. 우리는 늘 그렇듯이 신중하게 남의 눈을 피했다.

나 혼자 토요일에 다카야마로 가서 도쿄에서 온 시즈오와 만났다. 우리는 다카야마에서 가장 비싼 숙소에 묵었다. 그것도 즐거웠다.

나는 치사와도 가끔 여행을 했다.

치사의 유일한 취미는 여행이다.

하지만 묵는 곳은 반드시 아는 사람의 연줄을 이용해서 확보한 회사 휴양소라든가 기숙사라든가 빈 별장이었다.

"어차피 잠만 잘 건데 뭐" 하거나,

"여관만큼 바가지 씌우는 데가 없어" 하면서 당당하게 남의 회사 휴양소에 들어가 철제 의자나 비닐 의자에 앉아 셀프서비스 음식을 맛있게 먹었다. 이동할 때는 버스를 갈아타거나 혹은 남의 차를 얻어타고 다녔다. 치사는 돌아오는 차 안에서 얼마나

싸게 먹혔는지 꼼꼼히 계산해본 뒤에,

"×엔 벌었다!" 하며 좋아했다.

시즈오와 처음으로 여행을 하면서 느낀 즐거움을 치사와 한 여행의 느낌과 비교하는 것은 박정하다.

하지만 시즈오와 묵은 숙소는 방의 장지문 격자까지 칠공예로 되어 있었고, 차례로 나오는 깔끔한 요리를 맛보고 있자니 몸도 마음도 사치의 향기에 도취되는 것 같았다.

"안됐어……"

나는 무심코 말했다.

"그렇게 돈만 버는 게 뭐가 즐거울까? 나는 시즈오만 있으면 아무것도 필요 없는데."

"미즈오, 결혼해도 시즈오 시즈오 할 거야?"

시즈오는 재미있다는 듯이 담뱃재를 털면서 말했다.

"결혼?"

나는 어리둥절했다.

"진심이야?"

"응. 이제 몰래 만나는 거 귀찮아져서 말이야. 좋은 일은 서둘러라, 이런 말도 있잖아. 가을에 할까?"

"그렇게 갑자기? 예식장도 벌써 꽉 찼을걸."

"그러면 식은 뒤로 미루자. 미리 신혼여행 온 거라고 생각하면 되겠네. 내일은 느긋하게 구경하자."

나는 시즈오의 목에 매달렸다.

굳이 결혼을 하지 않더라도 사이좋게 지낼 수 있다면 그것만으로도 나는 좋았다. 하지만 본심을 말하자면 나 역시 결혼이 하고 싶었다.

다음다음 일요일에 시즈오가 우리 집에 인사하러 오기로 했고, 그전까지 양쪽 부모님에게 얘기해두기로 했다.

내 생애에서 가장 기쁜 밤이었다.

결혼식 날 밤도 이만큼 기쁘지는 않을 것 같았다.

생각지도 않았으니까……

"그렇게 좋아?"

시즈오가 말했다.

"좋아."

"그럼 지금까지는 좋지 않았단 거야?"

"그렇진 않지만."

역시 결혼하기로 결정하자 지금까지와는 달랐다. 지금부터는, '늘 이렇게 있을 수 있겠구나……' 하는 마음인 것이다.

초가을 다카야마의 밤은 무척 추웠다. 둘이 함께 어둑한 시내로 나가 길모퉁이에서 경단을 사먹고 선물가게에 들어가 칠공예 젓가락을 두 벌 샀다.

그러다가 문득 아키모토 치사가 생각났다. '이런 인생의 즐거움을 모르고 돈만 벌다 일생을 끝내려나……' 마음 깊은 곳에서

연민이 피어올랐다. 그 연민 속에는 우월감이 섞여 있었는지도 모른다.

그뒤로는 치사를 보면 왠지 가여워서 견딜 수가 없었다.

와하하하 하는 시끄러운 웃음소리도, 팔짱을 끼고 떠들어대는 모습도 왠지 안돼 보였다.

나는 치사가 입에 침이 마르도록 권하는 재테크 이야기에 노골적으로 불쾌하다는 기색을 내보였다. 거기에도,

'선배하곤 달라. 난 혼자서 노후 걱정을 하며 사는 게 아니라 어엿하게 둘이서 살아갈 거니까' 하는 우쭐한 마음이 있었을 것이다.

나는 시즈오와 내 사이를 더이상 예민하게 숨기지 않게 됐다. 하지만 공식적으로 발표한 것은 아니라서 일부러 나서서 알리지는 않았다.

그래도 치사의 날카로운 눈에는 전과 다르게 비쳤는지,

"미즈오. 시즈오랑 수상한 관계야?" 하고 물었다.

그 순간 나는 그녀를 처음으로 알았다. 그녀를 형용할 말은 단 한마디.

'천하다.'

그것이었다.

"글쎄요."

나는 치사를 놀리고 싶어졌다.

"시즈오는 치사 선배를 좋아한대요. 존경한다던데."

"바보 같은 소리."

치사는 당황하며 평소와 다르게 눈이 부신 것 같은 얼굴을 했다.

일주일쯤 지나 시즈오의 생일이 됐다. 시즈오는 퇴근길에 나를 부르더니 묘한 얼굴로,

"이런 걸 받았어. 어떡하지?" 하고 보여줬다. 직경 30센티미터 정도 되는 커다란 생일 케이크였다. 초가 대여섯 개 꽂혀 있고 어딘지 허술한 장식에 영문으로 시즈오의 이름이 들어가 있었다. 마치 어린아이를 위한 케이크 같아서 나는 웃음이 터졌다.

"웃지 마. 망했어. 치사 선배가 준 거야. 난처해 죽겠다고."

시즈오는 정말로 당혹스러워했다.

"느닷없이 이런 걸 줘서 깜짝 놀랐잖아. 가져가, 가져가 하더라고. 무슨 생각이지? ……집에 가지고 가면 놀림만 당할 거야. 'SHIZUO'라니, 이 나이에 이런 케이크, 창피해 죽겠어. 술이면 모를까…… 치사 선배 아는 사람 중에 제과점 하는 사람이 있어서 원래는 삼천 엔 하는 건데 천오백 엔에 샀다는 거야…… 이런 거 필요 없다고 말할 수도 없고 진짜 민망했어…… 무슨 생각으로 주는 건지 모르겠어."

나는 웃다가 문득 치사에게 같은 여자로서 친근감을 느꼈다. 장난 좀 쳤을 뿐인데 치사는 마음이 동했던 것이다.

"천오백 엔이라……"

한 푼도 허투루 쓰지 않는 치사에게는 아마 굉장한 비용이었을 것이다.

"SHIZUO라."

제과점에서 종이에 그렇게 쓰고 부탁했을 치사의 모습을 떠올리자 나는 비로소 치사를 놀린 게 미안해졌다.

시즈오와 결혼해서 세 살짜리 사내아이가 있는 지금도 나는 치사의 생일 케이크를 떠올리면 가슴이 아프다.

부르르
씨

물론 그 만주 가게에 들어설 때는 평소의 버릇이 나오지 않았다.

그러기는커녕 생글생글 웃고 있었다. 다카시와 함께 사러 갔으니까.

다카시는 명물 만주집 '황금대복'을 좋아한다. 술을 좋아하는 그는 원래 단것을 안 좋아하지만 황금대복의 만주만큼은 어려서부터 먹던 거라 좋아한다고 했다.

황금대복의 만주는 오사카 서민 동네의 오래된 간식거리인데 지금의 가게는 옛날부터 자리를 지켜온 전통 있는 가게가 아니라 이름만 양도받아 영업하는 것이다.

후쿠오카 다자이후의 덴만구 신사 경내에서 만드는 우메가에

모치*를 마치 여자 손바닥만 하게 크게 늘여 만든 것 같다. 안에는 담백한 소가 들어 있고 양면에는 구울 때 새겨지게 한 '대복'이라는 글씨가 있다. 겉은 구워져서 조금 딱딱하지만 뜨거운 것을 한입 크게 물면 쌀떡의 부드러움과 안에 든 소의 담백한 맛이 잘 어우러져 맛나다.

딱딱해져도 맛은 떨어지지 않는다.

너무 커서 딱 봤을 때는 질린다. 내 친구인 하나다 아이코는 이 만주를 처음 봤을 때,

"짚신 같아……" 하며 깜짝 놀랐다. 하지만 얇아서 먹어보면 의외로 양은 적다.

"하나 더……" 하면서 하나 더 먹게 된다.

다카시는 이것을 붉은 엽차와 함께 즐겨 먹는다. 때로는 간식으로 너무 많이 먹어 저녁밥을 거르기도 한다.

공장에서 대량으로 만드는 식품이 아니라서 언제 어디서나 살 수는 없다. 오사카 시내 기타北의 서쪽 외곽에 있는 가게에서만 판다. 우리 집은 그곳에서 멀리 떨어진 미나미南 한가운데에 있기 때문에 자주 사러 가지는 못하고 기타에 볼일이 있을 때 겸사겸사 가게에 들러 사온다.

오사카 시내에는 번화가가 여러 곳 있는데 기타의 우메다, 소

---

* 매화 무늬가 들어간 쌀 만주.

네자키카이와이와 미나미의 난바, 신사이바시, 도톤부리가 있다. 오사카 사람들은 이 두 지역을 뭉뚱그려 '기타 미나미'라고 부르며 둘 중 어느 한쪽을 자기 영역으로 삼는다.

황금대복은 광고도 하지 않고 간판조차 없는, 사람들 눈에 띄지 않는 작은 가게다. 할아버지와 그보다 젊은 아저씨, 둘이서 만주를 굽는다. 두 장의 부채 같은 철판에 반죽을 넣고 짝을 맞춰 꽉 눌러 모양을 만든 다음 양면을 굽는다.

가게 안에 의자가 있긴 하지만, 서빙을 하는 여자아이는 밖으로 나와서 손님에게 돈 받으랴 일하랴 언제나 바빠 보인다.

대개는 손님이 줄을 서서 기다린다.

어릴 때 먹던 황금대복 만주를 못 잊어 사러 오는 사람도 있지만 싸고 맛있어서 사먹는 사람들이 많다. 유명한 가게의 명과와는 달리 막과자에 가깝지만 바로 그런 이유 때문에 사람들이 더 좋아하는지도 모른다.

나도 이 별나게 생긴 만주를 좋아한다.

하긴 우리 집에서는 아이코가 딱이다 싶게 표현한 대로,

'짚신 만주'란 이름으로 불리지만.

그런데 이 가게 사람들은 조금 불친절하다.

할아버지는 말없이 굽기만 하고, 아저씨는 잘난 듯이 손님에게 마구 역정을 낸다. 일하는 여자아이는 너무 바쁜데다 피곤한지 퉁명스럽고, 가게는 비좁고 열기가 차서 후덥지근한 게 손님

을 소중히 여기는 가게라고 말할 수 없었다. 그래서 사면서도 기분이 좋지 않은 가게였다.

그러나 요즘 같은 때 싸고 맛있으면서 동시에 서비스 좋고 환경도 좋은 가게를 바라는 건 욕심일지도 모른다.

언젠가 우리 가게의 카운터에서 일하는 다마라는 여자아이를 시켜 사오게 했더니 다녀와서 그 아이가,

"다시는 안 갈래요" 하고 화를 냈다.

오사카의 상인들 중에 그렇게 불친절한 사람은 거의 없다. 아저씨는 만주를 굽는 장인이지 상인은 아니다. 그러나 일손이 부족해서 손님 응대까지 해야 하기 때문에 짜증이 나는 건지도 모른다.

나는 이해할 수 있었다.

우리 가족은 시장 안에서 작은 슈퍼를 하는데 부모님과 오빠들이 모두 거기서 일한다.

나는 집에서 전적으로 취사 담당이다. 육칠 인분의 세끼 식사를 준비하는 것만으로도 힘들어서 즐거운 마음으로는 도저히 할 수 없다. 가게가 아주 바쁜 연말 등에는 아르바이트 여학생을 고용하기도 하고 나도 일을 도우러 나간다. 식사도 일일이 집에서 할 수 없기 때문에 시장 앞 식당에서 돈가스 같은 것을 시켜 교대로 먹는다.

바쁘면 짜증이 나서 그만 손님들에게 퉁명스러워질 때도 있

다. 그래서 나는 황금대복을 이해 못 하는 게 아니다. 하지만.

황금대복은 그날도 복작거렸다. 손님들이 가게를 가득 메우고 기다리는 가운데 아저씨와 할아버지 둘 다 땀을 흘리며 만주를 구웠고 여자아이는 쩔쩔맸다.

단골손님인 듯한 남자가 무심코,

"돈 많이 벌겠네. 이렇게 바쁘니" 하자 아저씨는,

"싸게 파는데 어떻게 돈을 벌어. 피곤하기만 하고 얼마 벌지도 못해" 하고 부아가 난 얼굴로 불퉁거리고는 수건으로 목덜미의 땀을 닦았다.

그렇게 부아가 나면 장사를 그만두면 될 텐데 하고 나는 속으로 좀 울컥했다. 나는 다카시의 말을 빌리면 '부르르 씨'다.

이날 가게에 처음 온 다카시는 신기하다는 표정을 지으며 벽쪽 의자에 앉아 있었다.

"열 개 주세요" 하고 나는 말했다.

"줄 서, 줄을 서라고. 새치기하면 안 돼."

나는 아저씨한테 야단을 맞았다. 옆의 아줌마도 야단을 맞고 있었다.

"뭐? 엉? 다섯 개? 분명하게 말해야지."

이 무슨 난폭한 말투인가.

마치 팔아주신다, 사게 해주신다 같다. 유엔 물자를 공짜로 나눠주는 난민구제소에서도 이렇게 잘난 척하지는 않을 것이다.

드디어 내 순서가 되어,

"열 개……" 하다가 맞다, 오늘 아이코가 오기로 했지 생각하고는,

"스무 개요" 하고 고쳐 말했다.

아저씨는 또 야단쳤다.

"똑바로 말해야지. 바쁘잖아! 보면 몰라?"

"나도 바빠요."

나는 그만 되받아치고 말았다.

이것이 내 나쁜 버릇이다. 화가 나면 발끈해서 나도 모르게 혀가 움직여버린다.

"바쁜데 오랫동안 기다려서 사는 거잖아요. 손님 기분도 생각하세요. 그렇게 잘난 듯이 말하지 말고요."

아저씨는 나를 노려보더니,

"지금까지 그런 말 하는 손님은 없었어. 좋은 손님은 아무 말도 안 해" 했다.

"아저씨가 먼저 그러니까 이쪽도 말하는 거잖아요. 멀리서 일부러 차 타고 온 단골손님의 기분을 헤아린다면 아무리 바빠도 그렇게 퉁명스럽게는 못 할 거예요."

"전혀 퉁명스럽지 않은데?"

아저씨가 고함쳤다.

"아, 그렇군요. 아저씨는 원래 그렇군요."

손님들은 구경거리 났다는 듯이 눈을 반짝이며 우리를 바라봤다.

아저씨는 다음 손님에게 싸주면서,

"우린 그렇게 안 팔아도 돼. 사주는 손님만으로도 충분해." 했다.

내 다음 손님은 젊은 주부 같았는데 우리가 주고받는 말은 들리지도 않는다는 듯이 새침하게 돈을 내고 나갔다.

"자, 보라고. 점잖은 사람은 그렇게 사리 분별 못 하는 소리를 하면서 시비 걸지 않는다고."

아저씨는 의기양양한 얼굴로 말했다.

"사리 분별 못 하는 게 어느 쪽인데요! 시비를 건다니……"

내가 얼굴이 빨개져서 미친듯이 화를 내자 다카시가 서둘러 뛰어와 아저씨에게 돈을 건네고 황금대복 꾸러미를 끌어안고는,

"죄송합니다, 죄송……" 하며 싱글벙글 웃으면서 나를 가게 밖으로 끌어냈다. 다카시는 다정한 얼굴에 말투도 부드러워서 그가 얘기하면 아무도 쉽게 화를 내지 못한다.

아저씨는 그러는 동안에도,

"쳇, 여자 주제에 잘난 척은" 했다.

'여자 주제에'란 말에 나는 또 욱했다.

"어이 어이, 그만해."

다카시는 깜짝 놀라 나를 붙잡았다.

"저런 아저씨하고 그렇게 심각하게 고함치며 싸울 건 없잖아. 바보 같아."

"응, 그렇긴 한데…… 너무 얄밉게 굴잖아."

"별종이긴 해도…… 어디든 그런 사람은 있어. 우리 회사에도 무슨 일이든 꼭 '하지만' 하고 토 다는 사람이 있는데 심지어는 마작에서 이겼을 때도 '하지만' 그래."

다카시는 느긋하게 그런 말을 한다.

그 목소리를 듣는 동안 나는 늘 그렇듯이 마음이 누그러져서,

"하지만 모두를 위해서 화를 낸 거야. 손님들 모두가 마음속으로 생각하는 걸 내가 대표로 말한 것뿐이라고" 하고 다카시에게 어리광 부리고 만다.

"그렇긴 하지만 속으로 생각하는 것과 말하는 건 굉장히 달라. 핫짱도 별종 중에 하나일걸."

나를 별난 사람 취급한다.

"그럼 다카시는 어떤 때라도 화 안 내?"

"화를 내면 만주가 맛없어지잖아. 맛있게 먹기 위해서 화 안 내" 한다.

나는 다카시가 화내는 걸 본 적이 없다.

그래서 결혼하고 우리 가족과 붙어 살다시피 해도 사이좋게 지낼 수 있는 것이다.

나와 다카시는 이 년 전에 결혼해서 우리 친정 근처의 연립주

택에 살고 있다. 하지만 친정의 장사가 바쁘기 때문에 나는 취사를 맡아하면서 월급을 받고 있다. 그리고 식사는 나와 다카시, 친정 부모님과 오빠들, 카운터에서 일하는 다마(이 사람은 입주직원이다)까지 모두 함께 먹는다. 집에는 잘 때만 들어간다고 해도 지나친 말이 아니다.

다카시는 이마하시에 있는 회사에 다닌다. 선으로 만났는데 나는 그가 단번에 마음에 들었고,

"활기차서 좋아" 하고 그도 역시 나를 보자마자 마음에 들어했다.

"무사 같았지?" 했더니,

"이런 무사라면 나를 곰처럼 쿵 하고 내던져도 좋다고 생각했어" 했다.

물론 나는 다카시를 내던진 적이 없다. 싸운 적도 없다. 다카시는 다정하고 눈치 빠르고 점잖아서 싸울 일도 없다.

우리 가족과 함께 식사를 할 때도 다카시는 늘 기분좋은 얼굴을 했다. 우리 가족은 나와 닮아서(내가 그들을 닮았는지도) 툭하면 다툼을 벌이는데, 예를 들어 아버지와 오빠는 사이가 좋다가도 뭐 하나만 수틀리면,

"뭐야?"

"뭐라고요?" 하며 서로 언성을 높인다.

아버지가 오빠에게 걸레를 내던진 적도 있다. 걸레가 오빠한

테까지 날아가진 않았지만 그때 다카시는,

"앗, 하늘을 나는 걸레!" 하며 재치 있게 끼어들었고, 그 바람에 다들 와 하고 웃으며 분위기가 금세 풀어졌다.

부모님도 오빠들도 모두 다카시를 좋아한다. 모두 모여 식사를 하고,

"잘 자라"

"안녕히 주무세요" 하고 기분좋게 인사를 주고받은 뒤에 우리는 집으로 돌아온다.

다카시 덕분에 집안 분위기가 온화해졌다. 나는 다카시가 우리 친정 식구들과 함께 있는 것을 좋아한다고 생각했다.

월급을 모으고 생활비를 아껴서 돈이 모이면 교외의 좋은 아파트로 이사가는 것.

그것이 내 꿈이다.

"교외에서 여기까지 출퇴근할 거야?"

다카시는 깜짝 놀라 물었다.

"아니, 이사가면 그만둘 거야."

"나는 아파트가 아니라도 지금 사는 연립주택도 좋은데. 그런데 언제까지 친정 일 도울 거야?"

"오빠가 장가가서 새언니가 들어오면 그만둘게."

나는 문득 걱정돼서 물었다.

"당신, 우리 집 싫어? 우리 가족……"

"응? 그런 거 없어."

다카시는 무슨 소리냐는 표정을 지으며 아니라고 했다.

그의 온화한 얼굴과 목소리에 나는 안도와 존경을 느낀다. 아버지도 오빠도 나도 화를 잘 내고(뒤끝은 없다. 한번 우당탕탕 천둥이 치면 그다음은 언제 그랬느냐는 듯이 날이 갠다) 참을성이 없어서 다카시처럼 스물일곱 살답지 않게 성숙하고 차분한 남자를 존경하게 됐다.

나는 다카시가 있기 때문에 기세 좋게 화를 내며 살았던 건지도 모른다.

한번은 기차역 창구의 역무원이 너무 불친절해서,

"가격 올리는 것만이 능사가 아녜요" 하고 화를 냈다.

다카시는 이때도,

"죄송합니다, 죄송……" 하면서 서둘러 나 대신 표를 샀다.

택시 운전기사가 거친 말을 했을 때는,

"아저씨 이름이 뭐예요? 무슨 택시회사 소속이죠?" 하며 앞좌석의 이름표를 들여다보려 했는데,

"죄송합니다, 죄송……" 하며 다카시가 얼른 나를 데리고 내렸다. 그러고는,

"깡패 같잖아, 저 사람" 하며 분을 가라앉히지 못하는 내게,

"무슨 소리야. 깡패가 일을 하겠어? 더울 때나 추울 때나 일하는데 얼마나 훌륭해. 피곤해서 신경이 날카로울 때는 말도 거칠

어질 수밖에 없는 거야" 했다. 만약 내가 깡패를 상대로 화를 냈다면,

"깡패라도 마음씨 좋은 사람은 심술을 부리는 일반 시민보다 훨씬 나아"라고 했을지 모른다.

이런 다카시와 살면 나도 점점 사람이 좋아져야 마땅한데 내 인격은 좀처럼 훌륭해지질 않고 도리어 예전보다 더 많이 싸우게 됐다.

밤늦게 골목이 떠나갈 듯이 노래하며 지나가는 술꾼 때문에 잠을 잘 수가 없자,

"시끄러!" 하고 창문을 덜컹 열고 소리를 쳤는데 뜻밖에도,

"죄송합니다" 하고 그 술꾼이 얌전하게 사과를 해서,

"내가 나설 자리가 없군" 하고 다카시가 웃은 적도 있었다.

짚신 만주를 사가지고 돌아와 스키야키 준비도 다 되어갈 무렵 하나다 아이코가 왔다.

내 고등학교 동창인 아이코는 학교를 졸업하고 회사에 다니고 있다. 아직 미혼인데 요새 점점 예뻐지는 것 같다.

"오늘은 친정에 일 도우러 안 가도 돼?"

아이코가 물었다.

"슈퍼 쉬는 날이니까 늦게까지 놀다 가. 다카시랑 네가 좋아하는 짚신 만주 사왔어."

나는 아이코같이 아름다운 친구가 있는 것이 자랑스러웠기 때문에 다카시에게도 일찌감치 소개했다.

"그 가게에서 또 싸웠어요."

다카시가 재미있다는 듯이 가게 아저씨와 내가 주고받은 말을 아이코에게 들려줬다.

"저런…… 나이를 먹어도 핫짱은 변하지 않는구나."

아이코는 우아한 손놀림으로 달걀을 접시에 깨서 우리 앞에 놓았다.

"학교 다닐 때부터 그랬지……"

아이코가 긴 젓가락으로 스키야키를 뒤저었다. 오사카풍으로 간장과 설탕과 술을 넣고 젊은 사람들 입맛에 맞게 조금 달콤하게 간했다. 나와 아이코는 입맛이 비슷해서 우리 집에 놀러오면 늘 아이코가 간을 맞춰준다.

예닐곱 명 되는 대가족을 먹이려고 대충 요리해서 내놓는 나와는 달리 아이코는 섬세하고 깔끔하고 작고 먹음직하게 음식을 만들어 내놓는다.

"스키야키만 먹으면 속이 느글거려" 하면서 아이코는 미역, 오이, 마른멸치 같은 것들을 곁들여 내놓고 상큼한 초무침을 만들어 그 위에 참깨를 솔솔 뿌렸다.

그릇이 부족할 때는 평평한 녹차 잔을 이용해 보기 좋게 담아낸다. 뭐든 큰 그릇에 담는 게 익숙한 나는 아이코의 아기자기한 상차림이 좋았다.

"전에 핫짱과 함께 전철을 탔는데 다리가 불편한 할머니가 서 계셨어요. 그런데 앉아 있는 사람들이 못 본 척하며 아무도 일어나질 않는 거예요. 핫짱이 젊은 남자 앞으로 가서 '할머니한테 자리 좀 양보하시죠' 했는데 그 남자가 '당신이 뭔데 이래라 저래라야' 하며 거절했어요. 그래서 두 사람이 대판 싸우게 됐죠. 내가 '자자, 진정해' 하고 말려서……"

"그랬군. 늘 뒤에 말리는 남자, 말리는 여자가 붙어 있었구나."

다카시가 말했고, 아이코가 온 날이면 늘 그렇듯 즐거운 분위기가 이어졌다.

"하지만 이 친구는 정의감으로 싸우는 거예요."

아이코가 나를 두둔해줬다.

"다카시는 나를 '부르르 씨'라고 하는데."

"아냐, 아무 때나 부르르 하는 게 아니잖아. 비뚤어지거나 잘못된 행동을 못 참는 거야. 그렇잖아?" 하고 아이코는 말했다.

"누구라도 화가 날 때가 있지. 그런데 그럴 때 조금 참았다가 다음날 화를 내보면 어떨까?"

다카시가 내게 충고했다.

"그럼 더 크게 화낼걸."

내가 말하자 다 같이 크게 웃었다.

거나하게 취할 때까지 맥주를 마시며 기분좋게 이야기 나누다가 밤이 깊어지자 아이코는 집으로 돌아갔다.

"앗, 황금대복을 잊고 갔어."

다카시가 아이코에게 선물로 건네준 만주가 현관에 있는 것을 보고 소리쳤다.

"아직 얼마 못 갔을 거야. 내가 다녀올게" 하며 내가 얼른 일어서는데,

"괜찮아, 내가 갈게" 하며 다카시가 황금대복을 낚아채서 황급히 나갔다.

나는 부엌에서 라디오를 들으며 설거지했다.

깨끗이 다 치우고 이부자리도 깔았는데 그때까지도 다카시는 돌아오지 않았다. 나는 아까 마신 맥주의 취기가 돌아서 꾸벅꾸벅 졸고 말았다.

얼마나 지난 뒤에 다카시가 돌아왔는지 모른다. 다카시는 텔레비전을 보고 있었고 내 몸에는 담요가 덮여 있었다.

"감기 걸리겠어."

다카시는 변함없이 다정했다.

그뒤로도 아이코는 두세 번 더 우리 집에 놀러왔다. 슈퍼가 쉬는 날마다 우리 집에서 셋이 함께 술을 마셨다.

"아, 오늘밤에는 밥 먹고 바로 잘 수 있겠구나."

다카시가 기쁜 듯이 외쳤다. 매일 밤 친정에서 저녁을 먹고 오기는 하지만 친정이라고 해봐야 코앞인데……

다카시는 역시 집에서 나와 둘이서만 식사를 하고 싶었던 걸까. 하지만 다카시도 우리 친정에서 식사할 때 즐거워 보였는데.

참을성이 많고 온화한 남자이기 때문에 나는 아무것도 알 수 없었다.

그러는 사이에 아이코가 발길을 딱 끊었다.

전화해도, 요즘 배우는 게 많아져서 바빠…… 하고 말했다. 그래서 슈퍼가 쉬는 날에는 집에서 나와 다카시 단둘이서 밥을 먹게 됐다.

왁자지껄한 식사에 익숙해지다보면 둘만의 식사는 쓸쓸하게 느껴진다. 친정에 가서 먹을까? 하고 물으면 다카시는 늘 다정하게,

"응. 좋아" 하며 따라왔다.

그래서 나는 대가족이 시끄럽게 떠들며 먹는, 때로는 걸레가 하늘을 나는 모습을 보면서 하는 저녁식사를 다카시도 좋아한다고 생각했다.

다카시가 회사 일이 바빠져서 야근을 많이 하게 됐다. 나는 친정에서 저녁을 먹고 혼자서 집으로 돌아왔다.

다카시가 돌아와 있지 않은 날이 늘었다.

하지만 나는 화를 내지 않았다.

화라는 건 예기치 않은 사태, 더구나 그게 나쁘게 돌아갈 때 나는 것이다.

다카시는 늘 다정해서 어떤 경우든 내가 화낼 일은 없었다.

그래서 다카시가 어느 날 돌연,

"미안해. 여기서 나가고 싶어"라고 했고,

하나다 아이코와 살기 위해서라고 했는데도,

나는 화낼 수가 없었다. 그저 멍청하게 듣고만 있었다.

화를 내도 이제 뒤에서,

"자자, 진정해"라고도,

"죄송합니다. 죄송……"이라고도 말해줄 사람이 없어지는 것
이었다.

"화 안 내? 왜 화를 안 내? 황금대복 아저씨한테는 그렇게 화
를 내놓고."

다카시가 말하자 나는 더욱 화낼 수가 없었다.

"나 화 잘 내는 사람 아냐, 원래는."

나는 작게 말했다.

"내가 하루 지나 다음날 화내라고 해서 그래? 그래도 화내면
좋겠어. 그냥 화내. 내가 나쁜 거니까. 하지만……"

나는 그 뒷말이 뭘지 알 것 같았다. 하지만 어쩔 수 없어. 그거
겠지.

나는 하루 지나 다음날에는 슬퍼지리란 것을 알고 있었다.

"미안해. 당신이 나쁜 게 아니야. 그런데 어쩔 수 없었어."

"알았어."

나는 부드럽게 말했다.

"화내고 싶지만 화낼 수가 없어…… 왜 그런지 화가 나지 않아."

나는 그렇게 말했다. 발끈하고 화를 낼 수 있었던 날은 슬픔을 모르던 날이었다.

나카교구 오시코지 거리

나는 한동안 기모노 교실에 다닌 적이 있는데, 기모노는 입고 있으면 피곤하고 갑갑해서 싫었다. 그래서 기모노를 거의 입지 않다보니 결국 기모노 교실에서 배운 지식은 소용없어져버렸다.

엄마는 쉬는 날 정도는 기모노를 입으라고 잔소리했고 이모도 권했지만 내키지 않아 손도 대지 않았다.

휴일에는 스웨터에 청바지, 외출할 때는 그 위에 흰색 토끼털 반코트를 걸친다. 가볍고 움직이기 편해서 좋다.

회사에서는 남녀 모두 청바지 금지, 남자의 장발과 여자의 염색도 금지라서 얌전하게 하고 다닌다.

"가끔 기모노도 입어라. 이웃에서 뭐라고 하겠어" 하고 엄마는 시끄럽게 잔소리한다. 교토라는 도시는 못 당한다.

우리가 사는 나카교 구는 교토 시의 정중앙에 있다고 할 수 있다. 교토 자체가 오래된 도시인데, 우리 집은 그 안에서도 특히 오래된 집들이 늘어서 있는 곳에 있다. 이 주변 사람들은 자랑스러운 듯이,

"대대로 나카교 구에 사는 게 아니면 진정한 교토 태생이라고 할 수 없지" 하는데,

나는 순수한 교토 태생이니 교토 여자니 하는 것이 조금도 자랑스럽지 않다.

교토는 전화戰禍를 입지 않았기 때문에 조상 대대로 자리잡고 살던 사람들이 거의 그대로 산다. 집과 땅을 팔고 어디든 교외로 나가는 혁명가는 동네에 한 사람도 없는 것 같다. 우리 집도 벌써 이백 년 내리 한곳에 살고 있다.

할아버지 말로는 옛날부터 된장, 간장 등을 담가서 팔았고 궁중에 납품도 했는데, 쇼와 초기부터는 소매만 하게 됐고 그것도 전후 할아버지 대에서 끝나버렸다고 한다. 대를 이을 딸인 엄마가 학자와 결혼했고 이모도 의사와 결혼해서 가업을 이어가지 못하게 됐다.

"어쩔 수 없지" 하고 할아버지는 포기했다.

"그러면 할아버지, 여기 팔고 다른 곳으로 가도 괜찮잖아요?" 하고 내가 묻자,

"그건 안 돼. 벌받아. 선조 대대로 살아온 집과 땅인데" 했다.

할아버지의 일과는 천장까지 닿는 금빛의 커다란 불단 앞에서 아침저녁으로 불경 읊기, 마른행주로 불단 말끔히 닦기, 동네 일 거들기, 집 뒤에 있는 절에서 운영하는 유치원 허드렛일 돕기 등이다. 그러는 틈틈이 맞은편에 있는 찻집 '야마시로야'의 할아버지와 동네에 떠도는 이야기를 한다. 그런 할아버지 할머니가 동네에 많이 있기 때문에 젊은 사람들은 이 오래된 동네에서 큰소리치며 다닐 수가 없다.

어쨌든 온통 내가 엄마 배 속에 있을 때부터 알았다는 어른들뿐이다.

아니 어쩌면 우리 엄마가 할머니 배 속에 있었을 때부터 알았다는 할머니가 있어서 우리 엄마도 동네에서 큰소리치지 못하기는 마찬가지일 것이다. 아침에 회사에 갈 때도 나는 몇십 번이나 인사를 하는지 모른다. 버스 정류장까지 가는 길에 만나는 동네 사람에게 빠짐없이 인사하지 않으면,

"저 집 딸은 고개가 뻣뻣해" 하는 말을 듣게 된다.

나카교 구는 호리카와 강과 니조 성을 한가운데에 두고 가미교 구와 시모교 구 사이에 끼어 있는 작은 구인데 동쪽으로는 가모가와 강이 흐르고, 건너편에는 사쿄 구와 히가시야마 구가 있다. 나카교 구의 오시코지 거리에 있는, 격자 벽에 살이 촘촘한 격자창이 있는 집이 우리 집이다.

2층은 천장이 낮고 어두워서 창고로밖에 쓸 수 없다. 그 대

신 교토의 집들이 거의 그렇듯이 대문에서 본채까지 안으로 쑤욱 들어오는 좁고 긴 공간이 있고, 안뜰을 끼고 별채와 광이 있다. 광 옆에는 작은 마당이 딸린 다실이 있는데 이곳은 아버지의 서재다. 광 안에도 책이 있지만 거기에 다 들어가지 못한 책들이 다실에까지 들어차 있다. 작년에 드디어 책의 무게를 버티지 못하고 마루가 빠지자 아버지는 그 참에 철근 서고를 만들고 싶었던 모양인데,

"마당 한가운데 콘크리트 덩어리를 놓는다니 말도 안 되는 소리다" 하고 큰할아버지와 다른 친척들이 반대하고 할아버지도 마뜩잖아하자 얌전한 아버지가 단념했던 모양이다.

나는 아버지와 몰래 이런 얘기를 주고받았다.

"이 집 팔고 밝은 새 아파트로 이사해요. 난 그러고 싶어요. 아버지도 이런 오래된 집 싫죠?"

"너는 시집가면 그만이잖아. 살기 좋은 집은 신랑이랑 찾으면 되지, 맨션이든 아파트든."

아버지는 내게 결혼해서 집을 나가면 된다고 말한다.

모계가족이라고 동네 소꿉친구인 후미오가 놀리는데 사실 할아버지는 딸만 둘이라 아버지가 데릴사위로 들어왔다. 그런데 후대에서도 여동생과 나, 이렇게 딸만 태어났다. 하지만 아버지는 내게 집을 지키지 않고 나가 살아도 된다고 말한다. 아버지는 데릴사위로 들어와서 고생한 걸까?

지금 고등학생인 여동생도,

"난 데릴사위 같은 건 싫어"라고 말한다.

둘 다 시집가버리면 이 집은 어떻게 되느냐고 엄마나 할아버지는 불만스러워하는데 아버지는 신경쓰지 말라고 말해준다.

나도 이렇게 오래되고 컴컴하고 불편한 집에는 미련이 없다. 싫다.

겨울에는 춥고 해도 빨리 져버리는 이런 집에서 앞으로 몇십년이나 더 살 마음은 없다.

부엌 바닥은 돌바닥이어서 밑에서 찬 기운이 스며들어온다. 쓰지도 않는 큰 부뚜막이 있고 이것저것 다 그슬어서 검은 윤이 난다. 그 옆에 가스레인지, 냉장고 등을 놔둬서 신구가 뒤범벅인데, 엄마는 그런 데 익숙해진 듯 부엌 개조는 생각도 하지 않는다.

"가끔은 부엌일도 좀 도와라" 하지만 나는 그럴 때마다,

"좀더 편리해지면 도울게" 하고 얄미운 소리나 한다.

후미오의 집이나 맞은편 아키코의 집을 보면 시어머니들이 돌아가시고 며느리들, 즉 후미오와 아키코의 엄마 대가 되자 기다렸다는 듯이 부엌을 개조해서 꽤 편리해졌다.

엄마는 옛날 집의 후계자라는 의식과 긍지가 있는지 오래된 것을 소중히 여기고 바꾸려 하지 않는다.

"후미오는 어떠니?" 하고 엄마는 때때로 내 속을 떠볼 때가

있다.

"뭐가?"

"신랑감으로 어떠냐고."

"아이 징그러, 그런 거……"

"그런 거라니…… 오래된 친구니까 속속들이 잘 알아서 좋고 차남이니까 이 집으로 장가와줄 수도 있고 마음씨도 고운 도련 님이잖아. 너도 싫지는 않지?"

싫지는 않지만 코흘리개 유치원생 때부터 함께 자란 후미오를 데릴사위로 맞아들여 이 오래된 격자문 집을 지켜갈 마음은 조금도 없다. 그랬다간 파란 이끼로 덮인 뒷마당의 돌처럼 내 인생도 이끼에 덮여버릴 것 같은 생각이 든다.

후미오는 대학을 졸업하고 교토의 보험회사에 다니고 있다. 나는 여자전문대를 나와서 바로 취직했으니까 조금 더 빨리 사회에 나온 셈이고, 그래선지 동갑내기인데도 후미오가 어리게 느껴진다.

기온 축제나 다이몬지 축제의 밤이 되면 후미오는,

"우메코, 축제 보러 가자" 하고 어린 시절처럼 나를 불러내준다.

"흐음. 가볼까" 하고 나가려 하면 엄마는,

"제대로 유카타 입고 가. 꼴불견이잖니!" 하고 목소리를 낮춰 야단을 친다.

그러면 나는 어쩔 수 없이 원피스를 벗고 매해 새로 만드는 유카타를 입는다.

여름 축제의 밤에는 동네 사람들도 밖에 나와 한참 피어나는 아가씨들의 옷매무새를 놓고 한마디씩 하기 때문에 싸구려 원피스나 청바지 차림으로 나다녀서는 안 된다고 엄마는 말한다. 남의 눈을 신경쓰는 사람이다.

여동생은 아직 학생이라서 핫팬츠를 입고 나다녀도 봐준다.

나는 남색 유카타를 입고 오비를 꽉 조이고 땀을 흘리며, 게다가 기온 축제의 인파에 뒤섞여서,

"아 더워…… 후미오, 어디서 시원한 거라도 마시고 그만 돌아가자. 이래서 전야제는 싫다니까" 하고 기분이 안 좋아서 말한다.

"옷이 너무 껴. 엄마가 묶어주면 이렇게 힘들어."

"내가 느슨하게 해줄까? 저기 옆 골목으로 가자."

"아냐. 됐어! 집에 가자."

"수레 행렬만이라도 보고 가자."

"제발 좀 봐줘. 유카타 때문에 더워서 못 견디겠어."

"그런 거 입고 오지 않았으면 좋았을걸……"

"엄마 잔소리가 얼마나 심한데."

나는 가슴이 불룩한 편이라 오비를 매면 힘들다. 안 그래도 통통해서 신경쓰이는데 기모노 같은 걸 입으면 살찐 게 더 티 날 것 같아서 싫다.

"그래, 집에 가자."

후미오가 다정하게 말했고, 나는 문득 함께 걸어가는 남자가 후미오가 아니었어도 기모노와 오비가 괴롭게 느껴졌을까 하는 생각이 들었다. 다른 남자, 가슴 뛰는 누군가, 가슴을 두근거리게 하는 아련한 사랑의 상대와 함께라면, 그에게 예쁘게 보일 수만 있다면 오비든 기모노든 기꺼이 참지 않았을까.

이것들이 괴롭게만 느껴지는 건 후미오가 나를 가슴 뛰게 하지 못하기 때문인지도 모른다. 그만큼 너무 익숙한 것이다.

그건 후미오도 마찬가지일지 모른다.

후미오도 어쩌면 자기 엄마에게,

"우메코 어떠니? 네 색싯감으로 어때?"라는 질문을 받고,

"아유 싫어요, 그런 거" 했을지 모른다.

하지만 나는 아키코의 엄마도 아키코에게,

"후미오 어떠니?" 하고 말하는 건 상상하기 힘들었다.

나와 후미오, 그리고 앞집의 아키코는 사이좋은 소꿉친구들이고, 나와 아키코는 다도교실에도 함께 다닌다. 아키코는 나와 달리 날씬한 버들가지 같은 허리를 가진 나긋나긋한 미녀고, 기모노도 무척 잘 어울린다.

내가 기모노를 잘 입지 않는 건 체형 탓도 있다. 가슴과 엉덩이가 불룩하고 어깨통도 두꺼워서 기모노를 입으면 터질 것 같다.

하지만 아키코가 입으면 마치 기모노가 그녀에게 빨려들어간 것 같아 보인다. 칼라 모양이 잘 잡히고 어깨는 날씬하게 떨어지

고 밑단은 약간 안으로 좁혀들어가고 오비는 알맞게 딱 조여져 마치 패션 잡지 속에서 튀어나온 것 같다.

나는 부러워서 견딜 수 없다. 이 고장에는 유젠 염색*을 하는 집도 많고 기모노에 관심과 애착을 가진 사람도 많이 산다. 그런 사람들이 기모노 입은 우리를 보면 아키코는 칭찬하고 나는 비웃을 게 분명하다고 생각하니 더더욱 기모노 입기가 싫어졌다.

"내년 정월에는 좋은 나들이용 기모노를 사야겠어. 우메코는 나들이용 기모노가 없어서 종종 곤란해. 맨날 나카후리소데**만 입힐 수도 없고, 오후리소데***는 동생한테 물려줬으니."

엄마는 본인인 나는 안중에도 없이 이모에게 말했다.

이모는 기모노 애호가다. 하지만 기모노 입는 건 영 서툴러서 소매 끝이 늘 구깃구깃 늘어진다. 부드러운 천의 기모노를 좋아해서 가슴의 둥근 모양이 그대로 드러나는 칠칠맞지 못한 옷매무새에 허리는 맥주병 같다.

아무래도 내 체형은 이모를 닮은 모양이다.

통통한 것도 그렇고 굵은 허리도 그렇고 나는 이모를 볼 때마다 안타까워진다.

"글쎄 지금부터 조금씩 준비해둬야 한다니까. 결혼할 때 한

---

* 비단 등에 꽃, 새, 산수 같은 무늬를 화려하게 염색하는 것.
** 소맷자락이 1미터쯤 되는 미혼 여성용 기모노.
*** 소맷자락과 옷자락의 길이가 같은 미혼 여성용 기모노.

꺼번에 마련하려면 힘들어. 하나씩 개비해야지. 내가 한번 봐줄
게."

이모는 자신이 좋아하는 기모노 얘기라서 신이 났다.

"아, 됐어 됐어. 필요 없어. 난 기모노 입는 결혼은 안 할 거야."

나도 모르게 말이 나왔다.

"난 셔츠랑 청바지 입고 시집갈 거야. 그래서 밝고 현대적인
맨션에서 살 거야. 기모노 만들어놔봤자 입지도 않고 여기 그냥
두고 갈걸."

"무슨 소리니? 기모노가 없으면 얼마나 창피한데. 시집도 못
가."

"그렇다면 결혼 같은 거 안 해."

그랬는데 생각지도 않게 며칠 뒤에 엄마가,

"거봐" 하고 의기양양하게 말했다.

"후미오가 아키코를 신부로 맞이한단다."

"뭐…… 정말?"

얼마 전에 다도교실에서 아키코를 만났지만 그런 얘기는 전혀
없었다.

"누구한테 들었어?"

"야마시로 씨가 그랬어."

"그래?"

"네가 태도를 분명하게 하지 않았기 때문이야. 후미오는 좋은

사윗감이라고 생각했는데."

엄마는 정말 후미오를 내 신랑감으로 생각했었는지 탓하는 말투에 진지함이 묻어났다.

"내가 언제 후미오 좋다 그랬어? 주위에서 멋대로 정하지 말아줘. 아키코랑 결혼한다고? 그거 잘됐네."

나는 아무렇지 않은 듯이 엄마에게 말했다.

토요일에 산조 역에서 후미오를 만나서 함께 돌아왔다.

"데라마치에 있는 서점에 들를 거야."

후미오가 그러길래 나는,

'그럼 이만' 하고 헤어지려다 생각을 고쳐먹고 따라가기로 했다.

후미오가 올해는 우즈마사의 소축제에 가보자고 했다. 교토에 살아도 우즈마사까지는 여간해선 못 간다.

후미오는 평소와 조금도 다름없었다. 나는 운을 띄웠다.

"아키코도 부를까?"

"불러도 좋지만 아키코는 배우러 다니는 게 많아서 일요일마다 바쁘잖아. 게다가 소축제에는 흥미도 없을 거야. 기온 축제에도 안 가는 애잖아."

그러고보니 아키코와는 그런 축제에 가본 적이 없었다. 늘 같이 가는 건 후미오였다. 하쓰모데*를 시작으로 요시다 신사의 세

---

* 새해에 처음으로 하는 신사 참배.

쓰분도 그렇고, 고다이리키, 미브교겐에도. 가모 축제도 후미오
와 함께 가모카와 제방에 앉아 아이스크림을 먹으며 바라봤고,
구라마의 다케키리에도 나루타키의 다이코타키도 일 년을 마감
하는 섣달 그믐의 오케라마이리도 생각해보니 늘 후미오와 함께
갔다. 가끔 여동생이 끼기는 했지만.

두서없이 얘기를 주고받으며 데라마치를 걸었지만 결국 '아키
코랑 결혼해?'라고는 묻지 못했다.

그냥 아키코와 후미오가 결혼하면 이 동네를 떠나겠지 하고
생각했다. 그렇게 되면 나는 더이상 후미오와 축제에 같이 갈 수
없다. 그것만 묘하게 마음에 걸렸다.

그렇게 이 동네를 떠나고 싶어하면서도 내가 만약 후미오와
결혼하면 이 동네를 떠날 수 있겠다는 생각은 하지 못했다. 엄마
의 생각이야 어떻든 아버지는,

"결혼해서 신랑이랑 좋은 집에서 살면 되잖아"라고 했으니까
내가 하려고만 하면 할 수 있을 텐데도.

일요일에 나는 이모를 따라 호리카와의 유젠 염색집에 갔다.
보통의 기모노 가게가 아니라 직접 유젠 염색을 한 천으로 기모
노를 만들어주는 곳이다.

"한 벌쯤은 좋은 걸 갖고 있어야 돼. 내가 사줄 테니까 너한테
어울리는 걸로 만들어달라고 하자."

이모가 말했다. 나는 양장점에서 옷을 맞춰본 적은 있지만 기

모노는 처음이었다.

호리카와마르타초에 있는 커다란 이층 건물이었다.

입구에 감물을 들인 긴 노렌*이 걸려 있었다.

초로의 여주인이 나와서,

"어머, 어서 오세요" 하고 이모에게 친근하게 인사했다. 이모
는 안으로 들어가 자기 집인 듯 편안하게 앉더니,

"얘 시집갈 때 가져갈 옷 생각을 하니 벌써부터 머리가 아프네
요. 잘 부탁합니다"라고 말했다. 나는 아무것도 필요 없다고 했
는데 엄마와 이모는 막무가내였다.

이모는 나를 핑계로 기모노를 맞추거나 구입하는 무상의 즐거
움을 느끼려는 게 분명했다.

"호호. 좋은 체형을 가졌네요. 기모노가 잘 어울리겠어요."

주인은 웃으면 얼굴이 온통 주름투성이가 됐는데 그 모습이
따뜻해 보였다. 나는 그게 무슨 말이냐며,

"전 기모노 잘 안 입어요. 뚱뚱해서 입으면 힘들어요" 했다.

"아니 아니, 기모노는 통통해야 어울리는 거예요. 어깨가 올라
가 있고 목에도 살이 좀 있어야지 아니면 태가 안 살아요."

젊은 남자가 차를 내왔다. 입주해서 수업받는 제자라고 한다.

"가는 어깨에 딱 맞게 입으면 기모노가 빛이 안 나요. 부인은

---

* 상호를 써 상점 입구에 드리운 천.

아주 잘 입고 계세요. 그래서 기모노도 빛이 나는 거예요" 하고 주인은 이모를 칭찬했다. 이모의 늘어진 듯한 옷매무새, 구깃구깃한 소매가 좋다고 이 주인은 말하는 것이다.

"이층 구경시켜달라고 할까? 넌 교토에서 자랐으면서도 아무것도 모르잖아."

"뭘?"

"유젠 염색을 어떻게 하는지 말이야."

주인이 앞장서서 안내해줬다. 이층 마루방에서 청년 여럿이 천에 색을 입히고 있었다. 팽팽하게 펼쳐진 천을 감아올리는 기구가 있고, 한 사람이 한 대씩 맡아서 붓으로 천에 색칠하고 있었다.

바로 앞에 있는 청년의 것은 밝은 회색 바탕에 낙엽이 춤추는 그림이다. 청년은 말라가는 잎의 고운 색깔을 서서 칠하고 있었다. 붓으로 세심하게 그리는 과정을 바라보는 것만으로도 눈이 어질어질해지는, 면밀하고 섬세한 작업이다.

그 뒤에 있는 청년의 천에는 옅은 분홍색 바탕에 고쇼구루마*가 그려져 있었다. 청년은 숨소리마저 죽인 채 수레바퀴의 살을 하나씩 칠해갔다.

그 옆은 진보라색 바탕에 하얀 매화가 그려져 있었다. 눈이 번

---

* 수레바퀴 모양의 가문家紋.

쩍 뜨이는 무늬다.

"성인식용이에요" 하고 주인이 웃었다.

또다른 청년은 가을꽃이 흐드러지게 피어 있는 그림을 정성껏 채색하고 있었다. 국화, 난, 각각의 잎맥이 도드라지고 초록색 농담이 그러데이션을 이루면서 또렷하게 하나의 나뭇잎으로 완성되어갔다.

나는 아름다운 색깔을 보면서 침을 삼켰다. 이렇게 정성과 시간을 들인 작업을 거쳐서 기모노가 만들어지는 줄은 몰랐다.

"아가씨, 기모노 공정은 무려 열한 단계나 돼요" 하며 주인이 웃었고,

"염색 기모노만큼 좋은 건 없죠. 교토의 유젠 염색은 아름답기 그지없어요" 하며 이모는 고개를 끄덕였다.

비단에 푸른 꽃으로 밑그림을 그린 다음 고무로 가는 선을 그린다. 이것은 무늬를 선으로만 그려놓는 작업인데 색이 번지는 걸 막기 위해서 한다.

그런 다음 바탕을 염색하는데 무늬 부분은 미리 풀을 칠해서 염색이 되지 않게 막아놓는다. 바탕을 염색한 다음에 무늬에 색을 입히고 열을 가해서 착색시킨 뒤 물로 빨고 자수를 놓거나 은박 금박을 입힌 다음 마지막 단계에서 얼룩을 없애는 손질을 한다.

"얼마나 품이 많이 드는지 몰라요. 그래도 분업이니까 풀칠하는 사람은 풀칠만, 염색하는 사람은 염색만 하지만요."

주인은 그렇게 말하고 계단을 내려가서 기모노 원단을 보여 줬다. 고리짝에서 둘둘 말려 있는 여러 장의 완성된 옷감을 꺼내 술술 풀어서 방에 가득 늘어놓았다. 감탄이 절로 나왔다.

원앙이 놀고 있는 연하늘색의 히토코시치리멘*. 노**의 의상을 연상케 하는 쓰케사게***.

먼 산에 벚꽃이 가득 피어 안개가 낀 듯이 보이는 분홍 기모노. 단풍과 사립문과 소용돌이치는 물무늬가 그려진 불타오르듯 빨간 기모노. 황토색 바탕에 꽃수레, 연녹색 바탕에 색색의 종이가 흩날리고 왕조의 남녀가 그려진 것. 옷자락에 귀인의 가마가 있는 겐지에마키****풍의 것.

나는 말없이 넋을 잃고 바라봤다.

이층의 청년들이 얼굴도 들지 않고 묵묵히 일심불란하게 붓을 움직이는 진지한 모습에 감동했는지도 모른다. 젊은 사람들이 일하는 곳인데 아무 소리도 나지 않았다. 라디오 소리도, 물론 텔레비전 소리도 없었다.

날이 화창해서 열어놓은 창문으로 도시의 소음이 들어오긴 했지만, 고요한 이곳에는 기구에 직물을 마는 덜걱덜걱 하는 소리

---

* 바탕이 오글오글한 평직 비단의 한 종류.
** 일본 고전 가무극의 하나.
*** 소매, 길, 섶, 깃 등의 무늬를 모두 위를 향하도록 배치한 기모노.
**** 고대 소설 『겐지모노가타리』를 그려놓은 두루마리 그림.

만 가끔 들려올 뿐이었다.

청년들은 나무로 만든 이 기구 사이에 앉아서 염료를 듬뿍 묻힌 붓을 묵묵히 움직였다. 셔츠와 바지를 입은 소박한 청년들의 손에서 꽃이 피어나듯 화사한 염색 옷감이 태어나고 있었다.

그 결과물이 이 기모노구나 하고 생각하니 기모노에 대한 느낌이 지금까지와는 전혀 달랐다. 나는 감동하기까지 했다.

"아가씨, 이거 한번 걸쳐보세요."

주인이 말하며 연지색의 대담한 난꽃 무늬 옷감을 내밀었다. 내가 천을 받아들자,

"아니, 옷감은 어깨에 대고 아래로 내려뜨리는…… 네, 그렇게" 하고 주인이 말했고,

"잘 어울리네요. 하지만 좀더 따듯하고 차분한 분홍이 좋을 것 같아요. 피부가 희니까. 그래요. 좀더 사랑스러운 색깔이 좋겠네요" 하며 이모도 열중해서 옷감을 바라봤다.

"최대한 좋은 걸 만들어볼게요. 분명 잘 어울릴 거예요. 아가씨, 그거 입고 좋은 데로 시집가세요" 하고 주인은 나를 보며 말하더니,

"좋은 체형이에요. 기모노가 한결 돋보일 거예요" 하고 덧붙였다.

"어떠니? 교토 유젠만큼 예쁜 게 없어. 일반 천으로 만든 건 발밑에도 못 미치지."

이모는 내게 말하고 옷감을 어루만지면서,

"이런 옷을 입으면 우메코도 여자로 태어나길 잘했다고 생각할걸" 하며 한숨을 섞어 말했다.

여자로 태어나서 좋은지 어떤지는 모르겠지만 적어도 기모노를 다시 보게 된 것만큼은 사실이었다. 함초롬하고 중후하고 부드러운 감촉의 치리멘, 린즈*, 그리고 눈을 황홀하게 하는 갖가지 색깔들. 정말로 나는 기모노가 어울리는 걸까?

"좋아하면 기모노가 따라와요" 하고 주인은 생글생글 웃으며 자신한다는 듯이 말했다.

기모노 입은 모습을 후미오에게 보여주고 싶은 마음이 들었다. 유카타가 아니라 유젠 염색 옷감으로 지은 화사한 기모노를 이모처럼 늘어지듯 여유롭게 입고. 나도 교토 여자다, 그건가.

다음날은 월요일이었다. 마주치는 동네 어른들에게 열댓 번쯤 인사하며 버스정류장을 향해 서둘러 걸었다. 후미오가 뒤에서 황급히 달려와 같은 버스에 올라탔다. 붐비는 버스 안에서라면 말하기 쉽다.

"후미오, 결혼 언제 해?"

"웅?"

후미오는 깜짝 놀랐다.

---

* 부드럽고 광택이 있는 고급 견직물.

"결혼? 누가?"

"후미오 너. 결혼하는 거 아냐?"

"나? 아닌데?"

"뭐야, 그럼 헛소문이었어?"

"무슨 소문? 무슨 얘기야?"

후미오는 정말로 아무것도 모르는 얼굴이었다.

"네가 결혼한다는 얘길 들었거든."

"누구랑?"

"누구든 상관없잖아."

"나야말로 '야마시로야' 할아버지한테 우메코 네가 시집간다는 말을 들었어."

"다들 말도 안 되는 소리들을 하네."

"거짓말이야?"

"거짓말이야. 아니, 정말이야. 어디든 다른 데로 가고 싶다고 생각했거든. 그런데 상대도 없고…… 생각해보니 여기도 좋은 곳이구나 싶어."

"그래. 오시코지의 격자문 집에 살잖아. 네가 떠나버리면 아주머니도 쓸쓸해하실 거야. 모계가족은 어쩔 수 없다니까."

"후미오는 어떻게 할 건데? 여기 떠날 거야?"

"나? 글쎄. 다른 데 가면 우메코도 요이야마 축제도 못 보잖아."

"그럼, 있을 거야?"

"있어야지. 어쩔 수 없잖아."

후미오와 버스 안에서 밀고 밀리며 그런 얘기를 주고받았다.

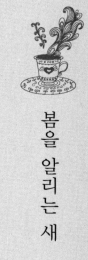

봄을 알리는 새

나를 놀래줄 작정이었는지 사사하라 씨는 그 집에 대해 아무 언질도 주지 않았다.

　놀래줄 속셈도 있었을 거고 내가 마음에 들어할 거란 자신감도 있었을 것이다.

　그날 밤에도 평소처럼 산노미아에 있는 바에서 만났다. 보통은 여기서 만나 식사하고 언덕 꼭대기에 있는 무당벌레같이 작고 예쁜 호텔로 갔다. 나는 그 호텔을 '무당벌레 호텔'이라 이름 붙였다(나는 무엇에나 내 식대로 이름을 붙인다. 그래놓고 어디서든 그 이름으로 부르기 때문에 다른 사람들은 그게 어딘데? 할 때가 많다).

　무당벌레 호텔에서는 하룻밤 묵을 때도 있고 그냥 집으로 돌아올 때도 있다. 주로 사사하라 씨의 사정에 맞춘다. 사사하라 씨가 아침까지 같이 있자고 하면 나는 언제든지 그렇게 할 수 있다. 함께 사는 언니 부부는 사사하라 씨를 잘 알고 내가 어떻게 하든 이젠 아무 말도 하지 않게 됐다.

아마 내가 사사하라 씨와 결혼할 거라고 생각하기 때문일 것이다.

게다가 사사하라 씨는 언니나 형부보다 나이가 훨씬 많아서 이러니저러니 충고하는 것도 겸연쩍다고 생각하는 것 같다. 사사하라 씨는 스물두 살인 나보다 딱 스물두 살이 많다.

뭐든 내 식으로 부르는 습관이 있는 나도 사사하라 씨만큼은 달리 부르지 않는다.

사사하라 씨는 사사하라 씨다.

나와 비슷한 정도로 젊다고 여겨질 때도 있지만 반대로 무척 어른스럽게 보일 때도 있다(어른이니까 당연하다).

사사하라 씨는 고인이 된 아버지의 사업 파트너여서 전부터 알고 지냈다. 아버지와 그는 나이 차가 많이 났지만 의외로 사이가 좋았던 듯하다. 그는 내가 전문학교에 다닐 때 보증인이 되어주기도 했다.

사사하라 씨는 정말 친절한 사람이다. 아버지를 잃은 나를 여러모로 보살펴줬다. 일찍 엄마를 여의고 아버지마저 돌아가시자 나는 외톨이가 된 기분이었다.

(언니가 있지만 이미 결혼한 상태였으므로 내 언어 감각대로 말하자면 난 외톨이였다. 부모 없는 소녀라도 할머니나 할아버지가 건재해서 그 아이를 귀여워하며 키워준다면 내 언어 감각으로는 외톨이가 아니다.)

나는 날 귀여워해줄 사람이 없었기에 진정한 고아였다.

고아가 아니고 싶다는 내 바람이 사사하라 씨와 나를 가깝게 만들어줬는지도 모른다.

사사하라 씨는 부인도 있고 아이도 있다. 고베의 무역회사 사장이라서 부하직원들도 있다.

나는 그 부인을 본 적이 없다. 이름이 '도리코鳥子'라기에 나는 '버드 씨'라고 불렀다. 그 호칭이 어느새 나와 사사하라 씨 사이의 암호가 됐다.

버드 씨는 교육열에 불타는 엄마라서 일 년 중 반은 집에 없다고 했다. 도쿄와 규슈에 있는 두 아들의 기숙사와 하숙을 돌아보는 모양이었다.

"고등학교 때부터 아이들을 멀리 있는 학교에 보내 하숙을 시켰어. 학교에서 부모가 아이들 건강관리를 잘 신경써야 한다고 말하니까 열심히 다니는 거야. 이런 게 본말전도지. 그렇게 신경 쓸 거면 가까운 학교로 보냈어야 하는데."

사사하라 씨는 말했다.

사사하라 씨는 '본말전도'라는 것이 싫다고 했다.

"사물의 본질을 파악해야 해. 그런 다음에는 그것에만 집중하고 다른 것들은 내버려둬야지. 그런데 사람들은 대부분 사물의 본질보다 거기에서 파생된 하찮은 것에 연연하다가 본래의 중요한 것을 놓쳐버려. 그건 어리석은 짓이야"라고 그는 말한다.

그러니까 버드 씨가 아이의 교육 문제에 매달리다가,

"아이를 만든 근원인 나를 잊어버린 것도 본말전도"라는 것이었다.

그러고서 본말전도의 예로 이런 얘기도 해줬다.

여자들만 투고하는 신문 가정란을 무심코 보다가, 과로로 병이 난 한 가정주부가 자상하게 간호해주는 남편과 아이들에게 진심으로 고마움을 느낀다고 쓴 글을 읽게 됐다. 아직 어린 다섯 아이가 엄마가 퇴원하면 다 같이 엄마의 일을 돕겠다고 말해서 주부를 울렸다는 내용이었다.

"이것도 본말전도야."

사사하라 씨가 말했다.

"아이를 다섯이나 만들었으니 과로를 안 하는 게 이상하지. 그런 짓을 해놓고 나중에 도움을 받을 게 아니라 처음부터 아이를 만들지 않았으면 좋았잖아."

"하하하."

나는 웃어버렸다. 사사하라 씨가 하는 말은 어딘지 모르게 이상했다. 본인은 진지하게 말하는데 나를 웃게 만들었다.

어른 남자가 아니라 또래의 사람과 있는 느낌이 들었다. 하지만 역시 젊은 남자하고는 조금 달랐다.

그건 사사하라 씨가 악의 없는 선한 사람이기 때문이다. 스스로에게 자신 있는 사람이 아니라면 그런 본모습을 사람들 앞에 드러낼 수 없다. 스스로에게 자신이 있다는 건 자신과의 싸움에서 승리해서 여기까지 왔다는 것을 의미할지도 모른다.

그런데 사사하라 씨에게는 이긴 사람의 자만이 없다. 그는 싸움에 질 때조차 선했을 것이다.

"사사하라 씨가 좋아요."

내가 그렇게 말했더니 사사하라 씨는,

"기쁘군. 정말인가?" 하며 얼굴을 환히 빛냈다.

"본말전도시키면 안 돼. 그렇게 말하려고 했죠?"

내가 말하자 사사하라 씨가 나를 끌어안았다.

사사하라 씨에게는 어른 남자에게서 나는 이상한 냄새(담배 냄새나 음식 냄새나 애프터쉐이브 냄새나 돈 냄새, 사무실 책상 서랍 냄새)가 조금도 나지 않았다. 그리고 끌어안을 때도 자기 좋을 대로 하지 않는다.

'혹시 괜찮다면 이쪽으로 올래?' 하는 느낌으로 팔을 뻗어온다.

'이쪽'이라는 건 사사하라 씨의 가슴이다. 무척 크고 실팍해서 작은 나 정도는 '쏙' 하고 들어갈 것 같은 푸근한 느낌을 주는 가슴. 사사하라 씨는 키는 보통이지만 무척 다부진 체격이라서 꿩

장히 덩치 큰 남자로 보인다.

오후에 만나면 수염이 이미 짙어져 있다. 그 모습은 이미 되돌릴 수 없는 회한 같은 것을 느끼게 했다. 아버지도 형부도 수염이 짙지 않아서 사사하라 씨의 뺨이나 턱의 짙은 그림자가 내게는 신기했다. 그렇게 수염은 짙으면서도 이마 위로는 머리가 벗어졌다. 하지만 그것도 내게는 천진해 보였다. 수염은 꺼슬꺼슬해서 아픈데 그의 입술은 부드러웠다.

언덕 꼭대기의 호텔에서 나와 시내로 내려가며 내가 첫번째 가게의 쇼윈도를 곁눈질하자 사사하라 씨는,

"뭐 갖고 싶어? 사줄게" 했다.

나는 사달라고 조르는 것이 그를 기쁘게 할지도 모른다는 생각이 들어 큰 구슬 목걸이를 가리켰다. 불투명한 회청색 구슬은 말의 눈만큼이나 컸다.

"저렇게 큰 것을 목에 걸면 무거울 것 같은데. 미도리의 가느다란 목이 부러지겠어."

사사하라 씨는 그렇게 말했지만 결국엔 사줬다. 나는 암갈색 스웨터를 입고 있었기 때문에 포장을 하지 않고 그대로 목에 걸고 나왔다. 생각보다 무겁지 않았고 구슬의 차가운 느낌이 기분 좋았다. 구슬을 입술에 하나씩 대보면서 걷다가(스님의 염주같이 길다) 사사하라 씨에게 뒤처졌다. 사사하라 씨는 벌써 주차장에 도착해 차 안에서 기다리고 있었다.

"슬렁슬렁 걸으면서 구슬을 하나씩 깨물어보는 것 같더라."

사사하라 씨의 말에 나는 웃음이 났다.

회사 일이 무척 바쁜 날이 있었다. 나는 정신없이 일하던 중이어서 사사하라 씨가 온 것을 알아차리지 못했다. 사사하라 씨는 업무차 온 김에 내가 일하는 모습을 보고 싶어 왔다고 했다.

"일하는 얼굴이 진지하던데. 열심히 일하는 여자라는 게 좋아."

나는 그날이 마침 바쁜 날이어서 잘됐다고 내심 기뻐했다. 비겁한 수단을 써서라도 나는 그에게 좋은 점수를 받고 싶었다. 그의 마음에 들고 칭찬받고 싶었다.

버드 씨가 아이들의 공부를 위해 도쿄에 맨션을 사서 옮기는 바람에 사사하라 씨는 거의 혼자 지내게 됐다. 덕분에 우리는 매일같이 만날 수 있었다. 사사하라 씨는 자신이 가장 예뻐하는 딸까지 버드 씨가 도쿄로 데려가서 명문 사립여학교에 넣으려고 하는 것에 화가 나 있었다.

"문제가 많은 아줌마야."

사사하라 씨가 말했다. 나는 맞장구치지 않고 잠자코 있었지만 버드 씨의 점수가 깎이는 것을 심술궂게도 속으로 좋아했다. 그리고 나는 버드 씨를 속으로 아줌마라고 말할 때 '오(才)바상'이 아니라 '오(ㅋ)바상'이라고 했다. 제대로 된 오(才)바상과 달리 뭔가 좀 잘못된 '오(ㅋ)바상' 쪽이 버드 씨에게 딱 들어맞는 것 같았기 때문이다*.

사실 나는 사사하라 씨가 예뻐하는 딸에게 더 샘을 내고 있었다. 그래서 심술쟁이처럼 속으로 '빨리 도쿄에나 가버려라' 했는데, 그렇게 되면 사사하라 씨를 괴롭히는 일이 되는 거라서 내 마음은 딱 반반이었다.

무당벌레 호텔에 가기 전부터 사사하라 씨는 버드 씨와 이혼할 거라고 했었다. 버드 씨는 지금 아이들 셋과 함께 도쿄에 살고 있지만 호적 정리는 하지 않고 있다. 부모가 이혼하면 아들이 취직하는 데 불리하기 때문이라고 한다. 이미 별거하고 있으면서……

"본말전도네요."

"그래."

사사하라 씨는 이상하다는 듯이 웃었다.

"그래도 미도리가 있어줘서 다행이야. 안 그랬으면 외로웠을 텐데."

"내가 없었으면 별거도 하지 않았겠죠?"

"아니, 그렇지는 않아. 버드 씨는 내게 고베 일을 접고 도쿄에서 일하라고 했었어. 하지만 그건 불가능해. 어쨌든 서로가 싫어진 게 아닐까. 미도리 때문은 아니야. 생각해봐, 버드 씨의 도쿄행

---

* 오바상은 아줌마라는 뜻. ヲ는 オ와 마찬가지로 '오' 발음이 나지만 목적격조사로 쓰인다.

이 우리가 이 호텔에 오기 시작한 것보다 먼저야. 그렇지?"

"수첩을 안 보면 몰라요."

그렇게 말했지만 나는 무당벌레 호텔에 온 날을 기억하고 있었다. 그날은 비가 엄청나게 퍼부었는데 사사하라 씨가 그날따라 차를 갖고 오지 않은데다 택시도 잡히지 않아 우리는 흠뻑 젖어버렸다. 가까이에 있던 그 호텔로 뛰어들어가서,

"이렇게 젖으면 차도 못 타. 말리고 가자" 하고 사사하라 씨가 말했다.

나는 어디를 가든 사사하라 씨와 함께라면 마치 대학 축제에 아버지를 데려가는 딸 같은 느낌이었기 때문에,

"좋아요" 했다. 그러고 방에 들어가서는 젖은 옷을 벗지도 않고 텔레비전을 봤다.

"바보군. 감기 걸려. 벗고 이거 입어."

그렇게 말하며 사사하라 씨가 내게 호텔 잠옷을 건네줬다. 그리고 텔레비전도 껐다.

"어수선해" 하면서.

감기 걸리면 안 된다고 해서 샤워를 했다. 그러고서 나도 담배를 하나 달라고 해서 피웠는데 너무 맛없었다. 중학교 때도 친구가 맛있게 피우는 걸 보고 한번 피워봤는데 그때나 지금이나 똑같았다. 술맛은 알게 됐는데……

하지만 술이나 담배보다 나를 취하게 하는 건 '사사하라 씨'

였다.

"사사하라 씨."

"응?"

내 입으로는 말할 수 없었다. 나는 파도 밑으로 잠수하는 물새처럼 이불 속으로 들어가 사사하라 씨 곁으로 갔다. 사사하라 씨는 베갯맡의 재떨이에 담배를 눌러 끄고 몸을 빙글 돌려 바로 눕더니 내게 팔베개를 해주고 반대쪽 손가락을 접으며 숫자를 세기 시작했다.

"일, 이, 삼……"

"뭐예요, 그거?"

"으응, 아들 녀석이 대학 졸업할 때까지 몇 년 남았나, 문득 그 생각이 나서. 미도리랑 결혼하려면."

"이미 했어요."

나는 사사하라 씨의 품에 안겨 그렇게 말했다.

"아니, 제대로 하자고. 나는 필요 없지만 미도리는 처음이니까 성대하고 호화로운 식을 올리고 싶지 않겠어? 언니 부부 보기에도 그렇고. 미도리가 불쌍하니까."

"나랑 결혼할 생각이에요?"

내가 깜짝 놀라자,

"할 생각 없었어?" 하며 사사하라 씨가 깜짝 놀랐다.

"난 내가 그렇게 생각했기 때문에 미도리도 그럴 거라고 믿었어."

"그야 하고 싶죠. 그럴 수만 있다면 좋겠어요."

나는 한숨을 섞으며 말을 끝냈다. 같이 있을 때 사사하라 씨만큼 마음 편하고 즐거운 기분이 들게 하는 사람은 없었다. 세상 사람에게 우리 사이를 인정받을 수 있다면 정말 기쁠 텐데. 신은 내게 무척 잘해주신다. 사사하라 씨를 만나게 해줬고, 그에게 나와 결혼하겠다는 생각을 불어넣어주셨다……

하지만 한편으로 나는 신이 베푸는 호의 속에 혹시 내게 줄 충격도 숨겨져 있지 않을까 하는 걱정이 들었다.

그런 의심이 마음을 갑옷처럼 둘러싸 왠지 나를 불안하게 했다.

"나이 차가 많이 나서 모두들 깜짝 놀라겠지!"

나는 쿡 하고 웃었다. 사사하라 씨는 천진한 소년같이 자랑스러운 얼굴로 씩 웃었다.

"그래도 괜찮아. 모두 나를 별난 인간으로 생각하니까. 그야말로 본말전도야. 미도리를 좋아하니까 누구에게도 넘겨주고 싶지 않은 것뿐이야."

사사하라 씨는,

"우와, 이 가느다란 뼈. 부러지는 거 아냐? 무서워서 손도 못 대겠네" 하면서 나를 끌어안았다. 별로 힘을 준 것 같지 않았는데도 숨이 막힐 것 같았다. 그건 내가 기쁜 나머지 숨이 막힌 것이었을지도 모른다.

사사하라 씨는 산노미야의 바에 자리를 잡자마자,

　"오늘 저녁은 바빠. 일해야 하거든. 여유롭게 마실 수가 없어"
했다.

　"왜요?"

　"짐 옮겨야 해. 집을 구했거든. 산꼭대기라서 차가 중간까지
밖에 못 가. 영차영차 날라야지."

　"아파트가 아니에요?"

　"마당이 있는 편이 좋을 것 같아서. 아파트는 운치가 없어."

　나는 이제 무당벌레 호텔에 못 가게 된 것이 조금 불만이었다.
사사하라 씨는 어이없어했다.

　"거긴 이 년이나 다녔잖아. 이제 질릴 때도 됐지."

　"그런 산꼭대기가 아니라도 사사하라 씨와 함께라면 어디든
상관없는데."

　"바보."

　사사하라 씨가 말하고 바로 일어섰다.

　우리는 당장 결혼할 순 없지만 함께 살기로 했고 사사하라 씨
는 얼마 전부터 집을 구하러 다녔다. 사사하라 씨의 막내아들이
대학을 졸업하려면 아직 이 년 더 기다려야 했다. 이 년이 지나
면 버드 씨는 이혼해줄 것이다(꼭 그럴 것이다).

　사사하라 씨는 그때까지 기다리지 못하겠다며 어디서든 함께

살자고 했다. 사사하라 씨는 그 집에서 고베의 나카야마테로 출퇴근하겠다고 했다. 차 뒷좌석에 이불이 실려 있었다.

"서두르느라고 우선 집에 있는 것을 가져왔어."

사사하라 씨는 즐거운 듯 방긋 웃었고 나도 이끌리듯 기분이 들뜨기 시작했다.

"어머. 벌써 지낼 수 있는 거예요, 거기서?"

"그럼. 목수 불러서 손질해놓았고 청소도 끝냈어. 가스, 전기, 수도도 다 들어와. 아직 전화는 설치 못 했지만. 우선 급한 대로 부엌살림만 가서 사오자고."

"이렇게 불쑥 말한다니까! 미리 말해줘서 오래오래 기대하게 해주면 좋았을 텐데."

나는 욕심이 많아서 아주 큰 기쁨을 한꺼번에 느끼는 것보다 조금씩 나눠서 기쁜 것이 좋다.

"깜짝 놀래줄 생각이었지."

차 안에서 사사하라 씨가 내게 살짝 키스했다. 우리는 시내로 물건을 사러 나갔다. 나는 하나씩 읊어댔다.

"차 도구, 커피잔, 젓가락, 대접."

"무슨 소리야, 대접이라니?"

"라면 먹을 거잖아요."

그 말에 사사하라 씨는 웃음을 터뜨렸다.

"유리잔도 잊지 말아줘, 술 마시게."

"타월하고 칫솔은?"

"있을 리 없지. 호텔이 아니니까!"

자질구레한 물건들을 이것저것 사들이는 일은 정말로 즐거웠다.

사사하라 씨는 짐도 혼자 들었고 돈도 혼자 다 냈다. 마트에 가서 위스키와 녹차, 인스턴트커피, 햄도 샀다.

"가정을 꾸린다는 건 참 돈이 많이 드는 일이야."

불평을 하면서도 사사하라 씨는 많이 즐거워했다.

우리는 물건을 차에 싣고 산 중턱까지 간 뒤, 거기서부터 사사하라 씨가 물건을 들고 돌계단을 걸어서 올라갔다. 꼭대기에 집이 꽤 있는지 사람들이 여럿 지나갔다. 나는 차에 남아 짐을 지켰다. 사사하라 씨는 여러 번 왕복했지만 가뿐하게 이불까지 혼자 다 날랐다.

그리고 마지막 남은 짐을 나와 같이 들고 올라갔다.

어두운 마당의 문을 밀고 들어가자 아담한 양옥에 문과 창이 다 열려 있었고 전등이 밝게 켜져 있었다. 사사하라 씨는 그 자리에 나를 세워놓고 내 손에서 짐을 가져가 내려놓더니 눈을 감으라고 하고 안으로 안내했다.

"이제 됐어."

눈을 떠보니 고운 벽지를 바른 귀여운 방에 들어와 있었다. 가져다놓은 짐들이 바닥에 산처럼 쌓여 있었다. 나는 정신없이 집안을 돌아보며 다녔다. 창들은 모두 바다를 향해 있고 부엌 창만 산을 향하고 있었다. 오리나무가 부엌 창을 뒤덮고 있는 듯한데 밤이라 잘 보이지 않았다. 그 대신 바다에 떠 있는 배의 불빛은 선명하게 보였다. 바다 쪽으로 잔디가 깔려 있고 이층에도 방이 있는 것 같았다.

나는 사사하라 씨의 목에 매달려서,

"여기서 사사하라 씨랑 사는 거예요? 단둘이서?" 했는데, 기쁨이 지나쳐서 흘러내린 눈물이 창피했다.

"사사하라 씨란 그 호칭, 어떻게 좀 바꿔줄 수 없나?"

사사하라 씨가 말했다. 다른 게 생각났다면 벌써 예전에 바꿨을 것이다. 사사하라 씨는 사사하라 씨니까 어쩔 수 없어요.

"아아, 기뻐요!"

내가 진심으로 기뻐하자 사사하라 씨도 만족한 모양이었다.

"마음에 들지? 맨션이나 아파트보다 좋을 거야."

"물론이에요. 여기라면 새도 있겠죠. 나, 꽃 키울까봐요."

"나는 꽃도 새도 필요 없어. 여기서 미도리랑 자고 싶을 뿐이야."

"……!"

나는 사사하라 씨의 팔을 힘껏 꼬집어줬다.

"아얏."

엄살을 피운 사사하라 씨는 이내 아무 일 없었다는 듯이 가구도 침대도 아무것도 없는 텅 빈 방 바닥에 이불을 깔았다.

"오늘밤은 여기서 자자. 가구는 천천히 사고."

"내가 고르게 해줘요."

"여기는 미도리의 집이야. 마음대로 해."

아침이 되자 부엌에 따뜻한 햇살이 비쳤다. 벌써 봄 같은 햇살이었다.

가슴은 연노랑, 배는 아름다운 회색, 등은 검정인 새가 가지를 흔들며 날아올랐다가 내려왔다. 나는 그 새에게 바로 '봄을 알리는 새'라는 이름을 지어줬다. 원래 봄을 알리는 새는 휘파람새지만, 내게는 이날 아침에 찾아온 이 새가 내 행복을 상징하는 것처럼 생각됐기 때문이다*.

나는 회사를 그만뒀다.

이삿날에는 언니 부부도 도와주러 와서 집을 잘 구했다고 칭찬해줬다.

사사하라 씨는 이 집에는 새 물건만 놓고 싶다며 자신이 쓰던 것은 일절 가져오지 않았다. 모두 내가 발품을 팔아 사들였고 한 달 정도 정신없이 바쁘게 집안을 정돈했다.

그때만큼 충실하고 뜻깊은 시간은 없었다. 바다 색이 점점 더 짙어지고 잔디가 푸르러지자 봄을 알리는 새가 매일 아침 모습

---

* 일본어의 '春つげ鳥(봄을 알리는 새)'는 '휘파람새'의 다른 이름이기도 함.

을 보였다.

사사하라 씨는 여덟시 반에 집을 나섰다.

"오늘은 뭐가 오지?"

그가 물었다. 가구 이야기다.

"흔들의자요. 바다가 보이는 마루에 놓을 거예요. 괜찮죠?"

"괜찮고말고."

사사하라 씨는 뭐든 허락을 하는데 내가 산 침대만큼은 감당이 안 된다고 했다. 너무 폭신하기 때문이었다. 대학 시절에 유도를 한 사사하라 씨는 딱딱한 바닥을 좋아했다. 우리는 침대가 있는데도 계속 바닥에 이불을 깔고 잤다. 하지만 나도 그러는 편이 좋았다. 문을 열어놓으면 누워 있어도 바다가 보였으니까. 지대가 높아서 마당 너머로 지나다니는 사람이 보이는 일도 없었다.

사사하라 씨는 정확히 저녁 일곱시에 돌아왔다. 돌계단을 올라오는 발소리는 나를 행복에 겨워 눈물까지 글썽이게 했다.

흔들의자를 빨리 보여줘야지. 내가 고른, 조각이 새겨진 의자를.

하지만 그날 밤 사사하라 씨는 아무리 기다려도 돌아오지 않았다.

사사하라 씨는 회사에서 쓰러져 병원으로 실려갔고, 거기서 죽었다. 심장마비였다. 산 위의 새집으로 이사하고 두 달 됐을 때의 일이다.

나는 지금 시내의 작은 아파트에 혼자 살면서 새로 구한 직장에 다니고 있다. 시내에서는 봄을 알리는 새를 볼 수 없었다. 그 새의 정확한 이름을 알 기회는 사라져버렸다.

어쩌면 사사하라 씨는 내게 봄을 알리는 새를 보여주기 위해서 날 만났던 게 아닐까 하는 생각이 들었다. 사사하라 씨가 그립다기보다 봄을 알리는 새가 그립다고 하면 본말전도일까.

옮긴이의 말

　찬바람 부는 계절이 왔습니다. 코코아 한 잔이 생각나는 계절
이네요. 밤이 깊었다면 더욱 그렇습니다. 고독하다면 더더욱.

　서로 다른 색깔의 빛이 모이면 투명한 흰색으로 변해가지만,
서로 다른 수채물감이 섞이면 흑갈색으로 변해갑니다. 그렇군
요. 저자는 그래서 이 소설집의 제목을 '고독한 밤의 코코아'라
고 지었는지도 모르겠군요. 이 책에는 여성의 시점에서 수채화처
럼 그려간, 서로 다른 열두 색깔의 사랑 이야기가 담겨 있습니다.
　사랑하는 남녀의 삶 위에 칠해진 달콤한 색깔(「에이프릴 풀」),
번뇌의 색깔(「비 오는 밤 회사에서」), 슬픔의 색깔(「부르르 씨」),
헛됨의 색깔(「공기 통조림」), 젠더의 색깔(「너무 늦은 거야?」),

회한의 색깔(「나이 화장」), 그리고 색깔 색깔들.

다나베 세이코는 단편소설의 대가답게 특유의 반전을 통해 각각의 색깔에 대해 부드러우면서도 더이상 강렬할 수 없는 채도를 만들어냅니다. 대부분의 작품들은 시작부터 거의 마지막에 이르기까지 아주 느긋하고 평화롭게 전개됩니다. 어떤 사달을 일으키고야 말 복선이 등장하긴 하지만 그것들은 마치 넓은 호수에 한 방울 떨어진 빗방울의 파문처럼 조용하게 배경에 녹아들 뿐입니다. 그러나 마지막 몇 페이지를 남겨놓고 심지어는 마지막 몇 줄을 남겨놓고 반전이 일어납니다. 성벽이 무너지는 요란한 소리가 나는 것이 아닙니다. 마치 비단 손수건을 움켜쥐고 있던 스물일곱 살 여자가 살짝 손을 펴자 손수건이 땅 위로 살포시 내려앉으며 좍 펼쳐지듯이, 그렇게 반전이 일어납니다. 이 후기를 쓰는 지금도 「부르르 씨」나 「행복은 돌이 되었다」 같은 작품을 읽다가 그 반전의 순간 나도 모르게 숨이 흡 하고 들이쉬어지는 경험을 했던 게 기억납니다. 그 쨍한 색깔이란.

그래서 책장을 덮었을 때 나의 마음은 열두 가지 색깔로 차례차례 덧칠되어 어느덧 코코아 색깔로 물들어 있었습니다. 그냥 흑갈색이 아니라 그 모든 색깔을 머금은 색깔이었습니다. 슬픔, 기쁨, 후회, 허망, 그런 것들이 버무려지고 농축되어 코코아 색깔이 되고, 그것의 맛은 달콤하면서도 쌉싸름한, 그러나 그 누구도 헤어날 수 없는 중독성 있는 깊은 맛입니다.

이 소설집은 무려 삼십 년도 더 전에 출간되었습니다. 그사이 여러 번 복간이 되었지만 특히 2010년 복간 당시에는 미혼 여성들 사이에 다시 한번 '다나베 열풍'이 불어서 누계 80만부가 팔려나가는 기염을 토했습니다. 삼십 년이면 강산이 세 번 바뀌는 시간이지요. 작가가 이 작품을 발표했을 때는 스마트폰은커녕 삐삐, 아니 PC조차도 없던 시대였습니다. 그럼에도 이 작품이 긴 시간의 단절을 뛰어넘어 독자들로부터 그토록 큰 사랑을 받는 것은 인간의 마음, 특히 여자의 마음을 그리는 작가의 노련하고 뛰어난 통찰이 세월에도 끄떡없는 힘을 발휘하는 덕분이 아닌가 합니다.

좋은 책을 번역 소개할 기회를 주신 출판사에 감사드리며 독자 분들도 이 가을 이 책과 함께 사랑의 세례를 흠뻑 받으시길 기원합니다.

2013년 가을,
서혜영

지은이 **다나베 세이코** 田辺聖子

1928년 오사카에서 태어나 쇼인여자전문학교 국문과를 졸업했다. 『꽃농장花狩』으로 데 뷔한 이래 1964년 『감상여행』으로 제50회 아쿠타가와상을 수상하고, 1987년 『꽃 같은 옷 벗으니 휘감기네』로 여류문학상, 1990년 제10회 일본문예대상, 1993년 『비뚤어진 일 차一茶』로 제28회 요시카와에이지문학상, 1994년 제42회 기쿠치칸상, 1998년 『도톤보 리에 비내리는 날 헤어지고 처음』으로 요미우리문학상, 이즈미교카문학상, 이하라사이 카쿠상을 수상했다. 하야시 마리코, 고이케 마리코, 야마다 에이미, 에쿠니 가오리, 가 와카미 히로미, 오가와 요코, 와타야 리사 등 후배 작가들의 사랑과 존경을 받는 그녀는 유머와 애잔함 가득한 연애소설에서 역사소설, 에세이에 이르기까지 다방면에 걸쳐 많 은 작품을 썼다. 국내에 소개된 작품으로 『서른 넘어 함박눈』, 『침대의 목적』, 『조제와 호랑 이와 물고기들』, 『두근두근 우타코 씨』, 『노리코, 연애하다』, 『아주 사적인 시간』, 『딸기를 으 깨며』 등이 있다.

옮긴이 **서혜영**

서강대 국어국문학과를 졸업하고 한양대 일어일문학과 박사과정을 마쳤다. 현재 전문 일한 번역·통역가로 활동하고 있다. 옮긴 책으로 『서른 넘어 함박눈』, 『길 잃은 고래가 있는 저녁』, 『한심한 나는 하늘을 보았다』, 『밤은 짧아 걸어 아가씨야』, 『해피해피 브레드』, 『오레오레』, 『도쿄밴드왜건』, 『반딧불이의 무덤』, 『그네타기』, 『사라진 이틀』, 『지상에서 런치 를』, 『수화로 말해요』, 『소리나는 모래 위를 걷는 개』, 『하노이의 탑』 등이 있다.

고독한 밤의 코코아

1판 1쇄 2013년 11월 20일
1판 2쇄 2013년 12월 2일

지은이 다나베 세이코
옮긴이 서혜영
펴낸이 강병선
편집인 김혜정
편집 어시스트 원예지 | 모니터링 이희연
디자인 엄혜리 강혜림 | 저작권 한문숙 박혜연 김지영
마케팅 정민호 박보람 양서연 | 온라인마케팅 김희숙 김상만 이원주 한수진
제작 강신은 임현식 김동욱 | 제작처 한영문화사(인쇄) 경일제책사(제본)

펴낸곳 (주)문학동네
출판등록 1993년 10월 22일 제406-2003-000045호
임프린트 포레

주소 413-120 경기도 파주시 회동길 210
문의 031-955-1904(편집) 031-955-3576(마케팅) 031-955-8855(팩스)
전자우편 foret@munhak.com

ISBN 978-89-546-2289-9 03830

www.munhak.com